冰心

儿童图书奖获奖作家作品

城市的钥匙

品味人间亲情　感知世间冷暖
点燃生活激情　实现文学梦想

赵华伦 编

成都时代出版社
CHENGDU TIMES PRESS

图书在版编目（CIP）数据

城市的钥匙 / 赵华伦编 . —— 成都：成都时代出版
社，2014.9
（冰心儿童图书奖获奖作家作品）
ISBN 978-7-5464-1282-5

Ⅰ.①城… Ⅱ.①赵… Ⅲ.①小小说 – 小说集 – 中国
– 当代 Ⅳ.① I247.8

中国版本图书馆 CIP 数据核字 (2014) 第 226479 号

城市的钥匙
CHENGSHI DE YAOSHI

赵华伦 编

出 品 人　石碧川
责任编辑　陈德玉
责任校对　陈　诚
装帧设计　欧阳永华
责任印制　干燕飞

出版发行　成都时代出版社
电　　话　（028）86621237（编辑部）
　　　　　（028）86615250（发行部）
网　　址　www.chengdusd.com
印　　刷　三河市天润建兴印务有限公司
规　　格　710mm×1000mm　1/16
印　　张　12
字　　数　220 千
版　　次　2014 年 11 月第 1 版
印　　次　2014 年 11 月第 1 次印刷
书　　号　ISBN 978-7-5464-1282-5
定　　价　23.80 元

目 录

金波卷

李国新卷

相裕亭，男，冰心儿童图书奖获得者。作品散见于《文汇报》《大家》等国内外近百家报刊，其中100多篇作品被《读者》《小说月报》《小小说选刊》等50多种选刊、选集选载。其中《威风》等被翻译成英、日、法文介绍到国外，获第8届、10届、11届全国小小说佳作奖、优秀作品奖，著有长篇系列小说《盐东纪事》《盐河人家》《盐河旧事》三部。其中，《盐河人家》获连云港市第六届"五个一工程"奖。结集出版了小小说集《偷盐》等。《房客》获2008年第六届全国小小说年度评选二等奖。

相裕亭卷

威　风

东家做盐的生意。

东家不问盐的事。

十里盐场，上百顷白花花的盐滩，全都是他的大管家陈三和他的三姨太掌管着。

东家好赌，常到几十里外的镇上去赌。

那里，有赌局，有戏院，还有东家常年买断的一套沿河、临街的青砖灰瓦的客房。赶上雨雪天，或东家不想回来时，就在那儿住下。

平日里，东家回来在三姨太房里过夜时，次日早晨，日上三竿才起床。那时间，伙计们早都下盐田去了，三姨太陪他吃个早饭，说几件她认为该说的事给东家听听，东家也不知道是听到了，还是压根儿就没往耳朵里去，不言不语地搁下碗筷，剔着牙，走到小院的花草间转转。高兴了，就告诉家里人，哪棵花草该浇水了；不高兴时，冷着脸，就奔大门口等候他的马车去了。

马车是送东家去镇上的。

每天，东家都在那"哗铃哗铃"的响铃中，似睡非睡地歪在马车的长椅上，不知不觉地走出盐区，奔向去镇上的大道。

晚上，早则三更，迟则天明，才能听到东家回来的马铃声。有时，一去三五天，都不见东家的马车回来。

所以，很多新来的伙计，常常是正月十六上工，一直到青苗淹了地垄，甚至到秋后算工钱时，都未必能见上他们的大东家一面。

东家有事，枕边说给三姨太，三姨太再去吩咐陈三。

陈三呢，每隔十天半月，总要想法子跟东家见上一面，说些东家爱听的进项什么的。说得东家高兴了，东家就会让三姨太备几样小菜让陈三陪他喝上两盅。

这一年，秋季收盐的时候，陈三因为忙于各地盐商的周旋，大半个月没来见东家。东家便在一天深夜归来时，问三姨太："这一阵，怎么没见到陈三？"

三姨太说："哟，今年的盐丰收了，还没来得及对你讲呢。"

三姨太说，今年春夏时雨水少，盐区喜获丰收！各地的盐商，蜂拥而至，陈三整天忙得焦头烂额。

三姨太还告诉东家，说当地盐农们送盐的车辆，每天都排到二三里以外去了。

东家没有吱声。但第二天东家在去镇上的途中，突发奇想，让马夫带他到盐区去看看。

刚开始，马夫以为自己听错了，随后追问了东家一句："老爷，你是说去盐区看看？"

东家没再吱声，马夫就知道东家真是要去盐区。东家那人不说废话，他不吱声，就说明他已经说过了，不再重复。

当下，马夫调转车头，带东家奔向盐区。

可马车进盐区没多远，就被送盐的车辆堵在外头了。

东家走下马车，眯着眼睛望了望送盐的车队，拈着几根花白的山羊胡子，挂着手中小巧、别致的拐杖，独自奔向前头收盐、卖盐的场区去了。

一路上，那些送盐的盐农们，没有一个跟东家打招呼的——都不认识他。

快到盐场时，听见里面闹哄哄地喊呼——

"陈老爷！"

"陈大管家！"

东家知道，这是喊呼陈三的。

近了，再看那些穿长袍、戴礼帽的外地盐商，全都围着陈三递洋烟、上火。就连左右两个为陈三捧茶壶、摇纸扇的伙计，也都跟着沾光了，个个叼着盐商们递给的烟卷儿，人模狗样地吐着烟雾。

东家走近了，仍没有一个人理睬他。

被冷落在一旁的东家，心里很不是滋味，他在那帮闹哄哄的人群后面，好不容易找了个板凳坐下，看陈三还没有看到他，就拿手中的拐杖从人缝里，轻戳了陈三的后背一下。

陈三一愣！还没有反应过来身后的这位小老头到底是不是他的东家时，大东家却把脸别在一旁，轻唤了一声，说："陈三！"

陈三立马辨出那声音是他的大东家，忙说："老爷，你怎么来了？"

东家没看陈三，只用手中的拐杖，指了指他脚上的靴子，不瘟不火地说："看看我的靴子里，什么东西硌脚！"

陈三忙跪在东家跟前，给东家脱靴子。

在场的人谁都不明白，刚才那个威风凛凛的陈大管家、陈老爷，怎么一见到眼前这个骨瘦如柴的小老头，就跪下给他掏靴子。

可陈三是那样的虔诚，他把东家的靴子脱下来，几乎是贴到自己的脸上了，仍然没有看到里面有何硬物，就调过来再三抖，见没有硬物滚出来，便把手伸进靴子里头抠……确实找不到硬物，就仰起脸来，跟东家说："老爷，什么都没有呀！"

"嗯——"东家的声音拖得长长的，显然是不高兴了。

东家说："不对吧！你再仔细找找。"

说话间，东家顺手从头上捋下一根花白的头发丝，猛弹进靴子里，指给陈三："你看看这是什么？"

陈三捏起东家那根头发，好半天没敢抬头看东家。东家却蹬上靴子，看都没看陈三一眼，起身走了。

状 元 坟

盐区没出过状元。

但盐区却有状元坟。而且，不是一座。奇了吧？敢情盐区这地方还是什么风水宝地不成？差矣！盐区就是盐区，四野一片白茫茫的盐滩、盐田、盐碱地，大风吹来，遍地盐硝四起，如烟似雾，漫天狂舞，可谓兔子都不屙屎的地方。却偏有状元坟在此地耸立！

盐区志记载，当年，泰和洋行大掌柜杨鸿泰家的小儿子杨世保自幼习武，力大无穷，十二岁时，能扳开牯牛顶角；十七岁县级童试中武秀才，二十一岁到江宁府参加乡试，坐上武举人的头把交椅。

常言说："文无第一，武没第二。"天下文人，谁敢说谁比谁的文章写得好？可这武字行里，不讲文人的那些酸文臭理，比的是硬拳头，真功夫！是骡子是马，拉出来遛遛，少则三拳两脚，多则三五个回合，自然就见分晓了。谁的力气大，功夫深，拳头硬，谁就是英雄，谁就披红戴花，站在高处，迎来喝彩；谁被打趴下了，谁就是草包熊包，没能耐，靠边凉快去。

杨鸿泰的小儿子杨世保，得了武举人的殊荣，再次回到盐区来，整个盐区都沸腾了！那还了得！武举人，莫大的江宁地盘上数第一。而且是有第一，没第二，第三差着十万八千里。荣耀，自豪，整个盐区人都跟着长了脸面！

杨家老太爷在盐区的地位，陡然间高抬了八个帽头！州府县衙里的红顶官人们，全都备着丰厚的彩礼前来道贺。杨家大院里，连续三天，张灯结彩，大摆宴席，宴请八方来客，好不热闹！

按理说，杨家人有了如此高的荣誉、地位，该满足了。不行！人往高处走，水往低处流。得了武举人的杨世保，更加憋足了劲儿，想去摘取天子手中那顶更加耀眼夺目的桂冠——武状元。

功夫不负有心人。三年后，天下武举进京会试，杨世保一路棍棒刀枪比下来，场场都拿了头彩。最后一关，皇上亲临武场——定状元。

那场面，惊心动魄，别出心裁。

待选的武状元，和官方签过生死状后，与一只几天都没进食的猛虎，同时放进一个四面可以围观的池子里，彼此展开生死搏斗！能与老虎斗智斗勇，并以你的高强武艺将老虎制服，或当场打死老虎，你就是当之无愧的武状元。如果，你在那场人虎斗中伤筋断骨，或葬身虎口，朝廷只发给你和你的家人一笔丰厚的抚恤金，也就无状元可谈了。

这正是"武没第二"的残酷所在。

杨世保自小生长在盐区，从未见过野性十足的豺狼虎豹，定状元的那场人虎斗中，他只凭着一身胆气和过硬的武功与老虎硬拼。结果是，一个闪身没有把握好，反而被凶猛的老虎双掌扑倒。

次日，"八百里加急"送至盐区——传杨家人进京领尸。

顷刻间，杨家大院一片哭嚎。一直在家静候佳音的杨老太爷，没料到等来的却是儿子葬身虎口的噩耗。大悲之后，杨老太爷决定厚葬这个曾经为杨家带来荣耀和辉煌的小儿子。

那时间，杨家正是事业旺盛时期。黄海边，上百里海岸线上，都有他们杨家的盐田和泰和洋行的分店，可谓富甲一方！再加上儿子为定状元而死，官府发给一笔数目不小的饷银，杨老太爷在进京搬尸时，沿途安排家丁，在一溜沿海，挖下多处墓穴，以防厚葬后遭盗墓贼挖掘。

数日后，也就是杨老太爷将儿子的尸骨搬出京城，前后抬出七七四十九口规格、颜色、大小统一的厚厚棺材，沿途依次安葬时，动用骡马运土，堆至山包一般。而且，七七四十九个坟包，全都一模一样。具体哪一座坟包中葬着武状元的尸骨，只有杨老太爷一个人知道。

遗憾的是，杨老太爷指挥人葬完七七四十九个坟包后，因过度劳累和悲伤，回到盐区，没等说出坟包的真相就暴病而死。

至今，谁也不知道当年的武状元到底葬在何处。盐区虽有座坟包称为"状元坟"，十之八九里面是空的。

摸　鱼

潘驼子，摸鱼的。

盐河码头上，整天背个鱼篓，沟湾河汊子里下水摸鱼的那个小老头，就是他。

潘驼子的背，驼驼的，身子向前躬着，与摸鱼的姿势正相宜。他生来一双鱼鹰样的眼睛，识潮水，知鱼性，什么样的鱼他都能捉到。

潘驼子不是盐区人。他是异乡来盐河口穷混的。他在码头的河堤边支了一顶小草棚，将女人和孩子安顿在里面。他一个人整天背个鱼篓，拎几条渔网子，赶潮水，截海流儿。所捉到的鱼虾，自家婆娘、孩子舍不得上口，大都送给码头上有钱人家，换几个柴米油盐钱，以此养家糊口。

潘驼子选在盐河码头落脚，一则，盐河口水网密布，沟多，河多，可捕捉的鱼虾多。再者，就是潘驼子本身的能耐了——他有一手捉鱼的绝技。

潘驼子看准了的水湾，说是下去捉几条花鲢子，抓上来不是虎头鲨，就是花鲢子。潘驼子最叫绝的一招，就是在沙窟、石窝里取"呆子"。

那种呆傻的虎头鲨，真名叫沙光鱼，头大，尾巴尖细，生性好吃懒动，它有"水中猛虎"之称，专吃海边浅水中的小鱼小虾。致命的弱点是不会保护自己，吃饱了小鱼小虾之后，找一湾死水汪趴下，就懒得再动了。

潘驼子摸清了虎头鲨的脾性，专门选在肥水汪有小鱼虾的水域里扔几块石头，设下洞穴，让它钻进去。过几天来摸一回，如同自家的鱼池一样。下手一摸，准能捉到那"呆子"。

盐区人都爱吃那种呆头呆脑的虎头鲨！它的肉鲜嫩味美，尤其是两腮之肉，下锅后形若凝脂，又像是两块碧玉，放入口中，含而不化，嚼而生香，可谓是海鱼中珍品中的极品。烹饪时，可炒，可烧，可蒸，可小火炖汤，极鲜！

军阀白宝三初来盐区时，大盐东吴三才就是拿那种虎头鲨，招待他和他的日本小姨太。那顿饭，吃得满堂喝彩！

盐区人把"虎头鲨"视为上等鱼，贵客鱼。

家中来了贵客，或是婆娘生孩子坐月子，急需要鲜美的鱼汤催奶下饭，你这边急得抓耳挠腮团团转，邻居大婶、大妈就会提醒你："去找潘驼子呀，你还愣着干什么？"

"是呀，我怎么把潘驼子给忘了呢？"于是，急匆匆地找到潘驼子家，先看其缸里、盆里养的，都有什么样现成的鱼虾，满意了，当场抓了就走；不满意的，潘驼子就会问你："想吃哪样的鱼虾？"

回答："孩子的舅舅来了！"

潘驼子"哎哟！"一声，说："舅舅可不能怠慢的，吃不好，是要掀桌子的。"遂吩咐前来购鱼虾的婆娘："你去家，先把铁锅刷好了，葱花、生姜、香菜切就了，我这就去给你捉'呆子'去！"

时候不大，就看那潘驼子高挽着裤脚，鱼篓里拎着几条"扑棱扑棱"的虎头鲨，喜滋滋地来了。

不过，这样的时候，你可要多给他几个铜板哟！尤其是秋风瑟瑟、天气渐冷的季节里，潘驼子为给你捉那几条虎头鲨，冻得浑身发抖，嘴唇都冻青了！说什么，你也要多给他几个子儿才是理儿。

当然，天气变凉之后，只有有钱人家的阔太太，或是像吴三才那样的大东家，才有那样"品鲜"的口福。一般人家，连想都不敢想了！

潘驼子呢，也就认准了盐区那些高门大院儿。他们吃得起，舍得出高价钱，潘驼子乐意把他捉到的鱼虾送给他们。

军阀白宝三驻扎盐区的那年寒冬，他的小姨太有了身孕，厌食！猴头燕窝，山珍海味，样样都吃够了，指明要吃在大盐东吴三才家吃过的那种虎头鲨。

白团长想：这有何难！当场吩咐卫兵们下河捉去。可大半天过去了，白团长的小姨太又哭又闹，问那捉鱼的卫兵怎么还不回来？

白团长也很心焦，派人催促之后，得到的结果是一条虎头鲨也没有捉到，恼怒之下，白团长动用盐河口的大大小小船只，统统下海捕捉虎头鲨。

然而，令白团长失望的是，所有被赶下海的渔船渔民，没有一人一船捕捉到虎头鲨。这期间，有人告诉白团长，说潘驼子有能耐捉到那种虎头鲨。

白团长立即下令："去找潘驼子。"

潘驼子接到命令后，答应次日一大早就把虎头鲨给送去。可一夜过后，潘驼子却领着他的婆娘、孩子，跑了。

潘驼子不是不想孝敬白团长，而是冬季里捉不到虎头鲨。

那种虎头鲨，属于盐河口独特的鱼种，如同花草、芦苇一般，一岁一枯荣，春季涌卵，秋风乍起时最肥美，入冬后，产卵于石缝沙窝间，便掉头而死。

白团长是异乡人，他不晓得这些。

为此，白团长误杀了不少人。

远去的鸽子

小时候，我家阁楼里养着一群鸽子。后来，两边房屋加高，阁楼"陷"下去，那群鸽子便飞走了。

爷爷说，鸽群飞走的那天，他有所察觉。当时，爷爷正蹲在小院的丝瓜架下，给刚放黄花的丝瓜苗松土施肥，忽听一阵"扑嗒嗒"乱响，抬头一望，阁楼里大大小小的鸽子全都飞起来了。但它们并不远去，绕着阁楼盘旋了很长时间。

刚开始，爷爷认为是老鸽子领着幼鸽子练翅膀的。后来，鸽群越飞越高，爷爷这才觉得有些异样。但他没想到它们要走。

后来的许多天里，爷爷天天去阁楼里张望，期待鸽子能飞回来。爷爷后悔当初不该把阁楼两边的房屋加高，不该让我和哥哥整天爬到阁楼上去掏鸽子蛋。

大约是半年以后，家里人看鸽子们不回来了，便把阁楼拆了，盖成和两边一样高的房子。

殊不知，偏在这个时候，鸽子们忽然三三两两地结伴回来寻找阁楼。它们面对"故居"的变化，长时间盘旋在空中，有的还大模大样地落在左右房顶上张望；还有的干脆同过去一样，落在院子里，同我们家的鸡们、鸭们争食吃。

但最终还是飞走了。因为，那时间，家里人对它们的到来已经很敌视了，尤其是我哥哥。每当看到鸽子飞来时，他总是变着法儿要置它们于死地，他不是躲在暗处，紧眯着眼睛，用弹弓瞄准鸽子们东张西望的小脑袋，就是咬牙切齿地握一块尖砺砺的石头，猛砸向它们。

爷爷反对我哥哥那样做，但我哥哥还是明目张胆地给它们"颜色"看。我哥哥说："反正那鸽子已经不是俺家的了。"言外之意，打死一只，得一只。

可爷爷不这样认为，爷爷说，飞走的鸽子又飞回来，一是说明它们对新家不如意。再者，说明那鸽子和我们家有了感情。尤其令爷爷感动的是，有只花脖子老鸽子经常飞来，且每次飞来都落在爷爷老屋的窗台上，爷爷认识它，那是我们家最初喂养的一对老鸽子中的一只。爷爷不许打它，哥哥嘴上答应不打它，可背地里尽打它的歪主意——想捉活。

哥哥趁爷爷不在家的时候，拿扫帚扑打它，有两次都把那花脖子老鸽子按在扫帚底下了，它又扑打着翅膀逃走了。

几次惊吓之后，那只花脖子老鸽子不来了。

爷爷说它老了，飞不动了，还猜测它被人家的气枪打死了，就是没想到是被我哥哥的扫帚吓怕了！

岂料，转年冬天，一个大雪封门的早晨，那只花脖子老鸽子又飞来了。何时来的，无人知道，等家里人知道后，爷爷已不声不响地在院子里扫出一块雪地儿，撒上了半瓢金灿灿的谷子等它下来吃。爷爷说，那只花脖子老鸽子真的老了，雪天里，它找不到食吃了。

殊不知，那只老鸽子面对地上的谷子，蹲在窗台上一动不动。

爷爷愣愣地看了它半天，末了，慢慢地走近它，等爷爷双手托起它时，这才发现，那只花脖子老鸽子已经死了。

取　　信

　　学院收发室，有一面鸽子窝似的信箱墙，分班级编上信箱号。各班级指定专人，拿着收发室配给的钥匙，每天坚持来开箱取信分给大家。

　　我们班第一个取信的是沈小云。她开始取信时，积极性很高，每天往收发室跑好几趟。空手回来的时候，一进教室，看谁向她张望，她会主动告诉人家："信还没来！"有时，还两手一摊，冲你做个鬼脸。

　　赶上她去开信箱时，收发室正忙着分信、分报，她会很有耐心地站在信箱口，眼瞅着收发室把信一封一封地投进信箱，她一封一封地拣在手中。若是看到有自己的信，不管是老家来的，还是远方同学来的，她都会当场撕开，边看边等着其他信件投进去。若不是自己的信，她便拿过来，从邮票到寄信人的地址，以及收信人和寄信人之间到底是什么关系等，仔细研究一番。等她把班里的信都取回来，在教室里一封一封地分给大家的那一刻，她觉得自己很有成就感，很荣耀。

　　这时候，若有人问她："有没有我的信?"

　　她会告诉你："在路上。"或是说："等明天吧。"

　　说这话时，她会很甜地冲你笑笑。班里的男生女生都很喜欢她。

　　可时间不长，她不取信了。

　　沈小云说，取信分散了她不少精力。她跟辅导员建议说："找个学习好的同学取信吧！"

　　辅导员是个年轻的留校生，他很理解沈小云此刻的心情。当时，沈小云已经有一门考试课不及格了。辅导员手中轻轻滑动着沈小云交来的钥匙，慢条斯理地说："你回去吧，你叫田平到我这里来。"

田平是学习委员。

这以后，班里的信件就由田平取了。可时间不长，田平也不取了。辅导员又找其他人。出乎意料的是，第三个学期快要结束时，辅导员突然找到我。辅导员拿着信箱上的小钥匙，跟我商量说："我想把取信的事交给你。"

我一愣！我跟辅导员说："我的事情已经够多的啦。"

当时，我在学生会搞宣传，整天忙着出黑板报、搞宣传栏，还自编一张《校园生活》的油印小报。

辅导员说："你就利用去学生会的时间，顺便把班里的信取来就行。"

辅导员还说："你别把取信当回事情，想起来，就去收发室看看。实在不行，你两天取一次，三天取一次，也是可以的。"

尽管辅员这样说，可我接过钥匙后，还是坚持每天都去取信。

但我不像沈小云那样，有事没事往收发室跑。我选在下午自习课以后。那时间，收发室所有的信件都分好了，我去取了信就回来。途中，遇到其他班里的学生干部，还可以借此向他们约稿，询问他们班里的宣传情况。

这样一来，等我拿着信回到教室，那些等信、盼信心切的同学，早就望眼欲穿了。给我印象最深的是，我的邻桌陈燕萍每天都在盼她的信。

原因是，我取信那阵子，她正和北京航空学院的一个男生谈朋友，几乎是每周都有信来。有时，她读了对方的回信或是没有按时接到对方的信，她会整个晚上，甚至要延续到第二天，都没有心思学习。

我很担心她那样投入会影响她的学习成绩。

有一个周末，那位北航的男生又来信了。我取到后，看当天的作业比较多，故意没有及时给她。

岂料，这下可坏了大事了！

那个陈燕萍，看到当天没有她的信，默默把桌上书本一收，起身回到宿舍，把那个男生以往给她的信件统统烧了。

事后我才知道，那时间，他俩的关系紧张，私下约定，本周内若接不到对方回信，就意味着他们的关系到此中断。

套　梨

那年秋天，县教育局把当年高考落榜而又有望来年"中举"的考生们，汇集到当年升学率比较高的金山中学，办了一个复读班。

我有幸成为那个班的复读生。

不作美的是，我家离金山中学太远，二十多里山路，全凭两条腿一步一步地量。途中，还要趟过两条大沙河，翻过一道山岭。当时，学校课程紧，我不能每天都回家，只能每个星期天的下午回家背一趟煎饼，星期一一大早，再披星戴月返回学校读早自习。这期间，六天半的时间要在学校度过。而且，顿顿饭都是吃煎饼、就咸菜、喝学校免费供给的白开水。准确地说，每周的星期一、二，吃得要相对好一些。因为刚刚从家里来，母亲总要炒点熟菜给我带上，等到星期三、四之后，就只能愁眉苦脸地啃那"摇头饼"了。

我说的"摇头饼"，就是地瓜煎饼，吃多了肠胃上火、口舌生疮，连吃几天，胃里直翻酸水，让你一点食欲都没有。

好在当时求学心切，谁也没有去在乎吃的好坏。每顿饭能填饱肚子就可以了。可那时间，我们刚好十七八岁，个个都是长身体的时候，每天吃不到蔬菜、见不着油星，几天下来，校园里的青树叶都想咬一口。

忽一日，大家发现与我们教室一墙之隔的果园里，梨子长大了。便有人跃跃欲试——想偷梨子。

可我们教室与果园相隔数米，尤其是中间还隔着一道高高的围墙，如何才能摘到梨子呢？大家群策群力，很快有了主意！与我同桌的王家明把他的蚊帐竿拆下一根，前头用铁丝拧上一个圈儿，圈的底部用塑料布缠上一个小兜儿，偷梨的工具就大功告成了。中午，我和王家明，还有几个想吃梨子的同学，趁老师午睡时，悄悄推开教室的后窗，将前头带着"圈套"的竹竿，慢慢地伸向梨树丛中，专拣个儿大的梨子收进"套中"，然后，左右一拧，或猛地往后一拽，一个大大的梨子就被"套"下来了。

刚开始，我们按照参加"套梨"的人头数，每人一个梨子，就草草收兵。可两三天过后，大家担心事情败露，不敢在一棵梨树上下套，甚至不敢多套，生怕看梨园的那个大爷看出破绽，找到学校来。所以，每回套下一个梨子，哪怕套下一个尚未熟透的梨子，三五个同学围在一起，你咬一口，他咬一口，解解馋也就罢了。

尽管如此，我们的"套梨"行为，还是被梨园里那个大爷发现了。

印象中，那天上午，班主任老师正给我们上数学课，教室的门突然被"咣"地一声推开了。

刹那间，教室里所有人的目光，齐刷刷地汇集到门口那个看梨树的大爷身上。只见他头戴一顶黑色的破毡帽，灰不溜秋的外衣上系着一根毛扎扎的草绳子，一步跨进我们教室，满脸怒色地指着后窗外的梨园，吼道："谁偷我的梨子啦？嗯！"

教室里，顿时鸦雀无声。

难堪的沉默中，我和王家明，还有几个偷梨子的同学都不敢与老人对视。但我们谁也不敢在那一刻承认偷吃了老人的梨子。我们低头不语，老人在教室门口乱骂一通，愤愤然地离去了。

之后，当天的数学课改成了"政治课"，班主任老师说我们能在此复读，都是来年有希望的学生，将来都是国家的栋梁，怎么能随意去偷老乡的梨子呢？等等。末了，班主任责成班长，让偷梨子的同学，自觉地把以前所偷的梨子，折成钱，给那个大爷送去。

当晚，我和王家明，还有其他几个偷梨子的同学合计了一下，把身上为数不多的、准备买学习资料的钱凑给了班长，请班长替我们负荆请罪。

原认为事情就那样结束了，没料到，第二天上午，梨园里的那个大爷又来了。

　　这一次，他不是来训斥我们偷他梨子的，而是捊来满满的一筐个大、皮黄、肉厚、肚儿圆的大甜梨，往我们教室一放，说："这才是熟透的梨子，你们吃吧！"

　　说完，老人转身走了。

　　教室里，一阵沉默之后，站在讲台上的班主任老师，最先发现梨筐上压着一个纸包，打开一看，老师半天没有吭声。但坐在前排的同学都看到了，那是昨晚我们几个人凑给老人的一包零碎钱，他又如数退还了。

无言的骡子

冬日黄昏，太阳像个霜打的柿子，软蔫蔫地落下了。可那时辰，万顺大叔正起劲地赶着他的骡子，从村东的水泥制板场又拉来满当当的一车水泥板子，精神抖擞地奔着这边公路来了。他的儿子，一个长出小黑胡子、个头比万顺大叔还要高出一头的大小伙子，这阵子，可能还在为刚才与父亲的争执而不快，他远远地跟在后面，好像前面的车和车上的水泥板子与他无关。

万顺大叔看儿子那副懒样，不想搭理他。万顺大叔想拉完这一趟，返回来再跑一趟。可儿子不那样想，儿子想拉完这一趟就收工回家。晚饭后，他和西巷的三华子约好，要去城关找他们的朋友玩。

可万顺大叔不让，说："今晚得把九更家的楼板送齐了。"

儿子说："明天再送不行吗？"

万顺大叔说："明天还有吉庆家的、小套家的等着哩！"

小村腊月，外出打工的人都回来了，好多人家都选这个时候盖新房。万顺大叔为了揽下这送楼板的差事，专门在水泥制板场请了酒席。这阵子正忙得不可开交，他巴不得眼前的骡子能变成一匹马，一匹能多拉快跑的骏马才好哩！可他那个不争气的儿子正好与老子的想法相反。那小兔崽子，从小到大，一天力气活没干过，整天当个宝贝一样疼着他，惯着他，把他惯坏了！而今，干什么都没有长进，见天就知道和三华子伙在一起四处疯玩。

万顺大叔不想跟他啰嗦，套上骡子，如同身边没有那个儿子一样，愤愤然地赶着车，前头走了。儿子看父亲拿他无所谓，他本不想跟父亲走，可也不敢离去，就那么很无奈的样子，跟在父亲后面，如同没事人似的。

眼看前面就是村路与公路的交叉口。那儿，有一个看似很不起眼的陡坡，但装满水泥板子的骡子车爬上去很不容易，尤其是公路上浇灌了水泥板道以后，明显高于那条横向而来的乡间土道。

好在万顺大叔的骡子爬过这个陡坡，知道在什么时候加劲，什么时候瞪起眼来爬坡。万顺大叔也相信他这老伙计有那个能耐。但他在骡子加速的那一刻，还是下意识地回头瞥了儿子一眼，想让儿子快点赶过来，在后面用力推一把。看儿子那副酸不拉叽的熊样，万顺大叔气不打一处来！他一咬牙，扬起鞭子，"嘎嘎"两声空响，给了骡子一个爬坡的信号，那骡子立马竖起耳朵，蹄下生风，扬起一片烟尘。万顺大叔在那烟尘中，随之弓下腰，一把拽住驴车左边的护栏，瞪圆了眼睛，与骡子奋力冲向陡坡！

万顺大叔想在儿子面前显显他的能耐！他想正告儿子：你个小兔崽子，少在老子面前耍横，老子没有你来做帮手，照样能把这车水泥板子拉上坡去。往常，儿子不在的时候，万顺大叔与他的骡子确实那样爬过。

可今天，那骡子跟万顺大叔跑了一整天。一天中，每一车的水泥板子都装成小山一般高。这会儿，那骡子可能是体力不支了，万顺大叔抓住护栏的那只胳膊已经帮骡子下足了力气！可那骡子，偏偏在前蹄踏上公路的一刹那，打了一个前踢，就听"咔嚓"一声脆响，双膝跪地了。随之，车上的水泥板子往前一倾，当即把骡子压趴在地上了。

万顺大叔扬起鞭子，想让骡子站起来，快站起来！万顺大叔猛抽了骡子一鞭，声嘶力竭地大声高喊："驾，驾！"

走在后面的儿子，看到前面发生了意外，一个箭步蹿上来，跳到车子的尾部，想以他人体的重量，来平衡骡子背上的压力，企图帮父亲，或者说是帮骡子重新站起来。

父亲看到儿子的举动，心中虽有些暖意，可他仍旧面无表情。但接下来，父子俩配合得十分默契，就在儿子纵身跳上水泥板车的一刹那，万顺大叔"叭"地一声鞭响，正抽在骡子的脖子上，给了骡子一个死命令，让它站起来！

骡子极有灵性，随之划动四蹄，想站起来，但它并没能站起来。

这期间，万顺大叔又是重重一鞭，这一鞭，狠狠地抽在骡子的耳根部，这对于骡子来说，是无情的抽打，是凄惨的抽打！与此同时，就看那骡子瞪直了眼睛，从肚皮底下伸出一条后腿，划动了一下，没有找到支撑点，但它的两条前腿却神奇般地支撑起来，随之另一条后腿也颤悠悠地支撑住了。可就在万顺大叔拽紧了缰绳，强迫骡子往前迈步时，就又听"扑通"一声响，骡子再次重重地倒下了。

万顺大叔扬起鞭子，还想抽打它，只见那骡子脖子一软，鼻孔里呼出长长的两团热气，两行浑浊的泪水，如同两条蠕动的蚯蚓一样，顺着眼窝的黑线，汩汩流下来——那骡子的一条后腿，被顺势而下的水泥板子给折断了。但骡子无言，无法诉说它的腿断了，辜负了主人的期望，它在主人的鞭打下，深深地把头戳在地上了。

这时候，儿子从后面过来，想看看前头的骡子到底发生了什么。没料到，此刻，正蹲在地上与骡子"对话"的万顺大叔，抹一把骡子的热泪，莫名其妙地扬起鞭子，冲着儿子，劈头盖脸"噼叭噼叭"地打来……

拔　牙

　　福来老爹蹲在门旁"呸呸"乱吐的时候，女人就知道他又在抠牙，头都没抬一抬，只管埋头坐在门口那方斜斜的晨光里，拣簸箕里的米。

　　米是新米，原本是不用拣的。可福来老爹家的水稻入夏后没施足化肥，碾出来的米里有不少瘪谷。

　　一群鸡，高昂着脖子，探头探脑地盯着女人簸箕里"哗哗"乱响的米，眼馋得咕咕怪叫。

　　女人"嘘嘘"地喊呼。

　　那鸡们"扑棱扑棱"闪开。

　　但鸡们很快又围拢过来。有几只胆小的鸡不敢靠前，便围在福来老爹这边，寻找他吐在地上的口水吃。

　　福来老爹呢，两根指头斜插进高昂起的口中，似乎是找到了那颗坏牙，想用力拔下来。但不敢用劲，太疼！

　　"呸！"

　　福来老爹看到他吐出的口水中略带丝丝血迹，知道什么地方又被他抠破了。尽管是抠破了，可他还是想抠。还是想把那颗坏牙拽掉！

　　福来老爹想，不管怎样，那颗牙还是拔掉好，即使疼痛，也就是一阵子。否则，整天不敢嚼硬东西，那滋味，更难受。

　　前些日子，为那颗坏牙，女人鼓动他专门到乡里卫生院去了一趟。福来老爹花五毛钱挂了一个号，原认为可以拔牙了，等人家开出方子，让他去交二十块钱押金再来拔牙时，他思谋了半天，把那方子揉了揉，扔了。福来老爹心想，有二十块钱，留着开春时买包化肥追在麦田里多好。

回走的路上，福来老爹心里直犯嘀咕，什么事呀？拔一颗牙要那么多钱！

福来老爹想忍过去算了，没想到，这两天那颗坏牙又发炎了，可能是被他天天没事时抠的，夜里疼得他翻来覆去睡不好觉。

女人让他再去卫生院。

女人说："牙疼虽不是个病，可疼起来要人命！这都应了古语的，你还是花几个钱去拔了吧。"

福来老爹不去。

福来老爹嘴上说，他怕拔牙时那些钳子、刀子。其实，他还是舍不得花那二十块钱。

福来老爹想，不就是拔个牙吗？拔就是了，还能怎样疼！乡下人，娇贵个屁哟，什么苦头没吃过，还在乎牙疼这点小事情？可他没想到，真要动手拔牙时，那牙怎么钻心窝子一样疼！

福来老爹琢磨，可能是手指头太滑了，用不上劲。他想，是不是该找根细线绳拽住那牙。于是，福来老爹就用手从檐下的辣椒串上拽下一根细麻线，理直了在舌尖上湿湿，便打一个拴牛扣，用指尖挑着伸进口中，三扣两扣，还真让他把那颗坏牙给套住了。刚一用力拽，不行，疼得受不了！连试了几次，还是太疼。末了，他只好把线绳又松开。

这可怎么办？

再想解下那线绳，还没法下手哩。

"它娘的，一不做，二不休，拔！"福来老爹又痛下决心，要拔下那牙。

接下来，福来老爹高昂着脸，紧扯住那线绳，不断地用力拽！可说不清是手随头动，还是头跟手移，总之，头抬起来，手也跟上来，手拽下去，头也跟着垂下去……折腾了好长一阵子，那牙，还是没有拔下来。

福来老爹急出了一头热汗。

福来老爹反复变换着线绳的用力角度，以至后来扯紧了线绳不再松开。可那牙，就是拔不下来！

恰在这时，女人簸箕里的米拣好了。随着一声"嘘嘘"，女人端着拣好的米站起身。一时间，惊得跟前的鸡们四处逃窜。其中，有只鸡正冲着福来老爹这边飞来，眼看就要落到福来老爹的脸上，福来老爹本能地一抬胳膊拦挡。还好，鸡是挡到一边了，可那拽牙的麻线绳呢？

仔细寻找，福来老爹发现那线绳上，正系着他那颗黄乎乎的坏牙，绊在鸡腿上，一摇一摇。

福来老爹乐了。心想，幸亏没听女人的话。这不，眨眼的工夫，二十块钱就省下了！

踩 金 子

　　盐河入海口，原是一片一眼望不到边际的盐碱滩，海风吹来，白茫茫的盐硝平地而起，如云似雾，狂奔乱舞，遮天蔽日。

　　有位异乡来的商人，后人称他大盐东，偏偏看中了那片不毛之地。他满怀信心地领来大批穷汉子，在此搭茅屋、支"地笼"，就地整盐田、修盐道、开挖通向大海深处的盐河码头。

　　起初，跟着东家一起来的少奶奶，受不了盐区那水咸土咸之苦，整日鼓着嘴，要回城里去。

　　东家不依。东家知道女人是盐河口那些穷汉子们眼中的靓丽风景！留住女人，就等于留住那些异乡来的汉子。他需要他们在此下苦力。

　　东家认准了那片盐碱滩上能淌金流银。他倾其血本，给那些泥里、水里、盐河套里挖大泥的盐工们吃小麦子煎饼、喝大碗的鸡蛋汤，每天给下海滩的盐工发六个铜板，见天还给他们每人发一双崭新的茅草鞋。

　　清晨，东家通过所发放的草鞋数，知道当天有多少盐工下海滩。以此，估算出当天需要多少张小麦子煎饼，多少碗鸡蛋汤。而那些异乡来的穷汉子们，惜草如金！看到东家当天发给他们的草鞋尚未穿破便要回收，有些舍不得，窝藏起来，谎说草鞋丢了，领来新鞋，拿去酒馆里换酒喝。

　　很快，东家发现了盐工们私藏草鞋的秘密，便立下规矩：谁不把当天穿过的草鞋交上来，扣罚当天的伙食。这样一来，那些原本就吃不饱肚子的穷汉子，不得不把穿过的草鞋乖乖地交上来。

东家把收上来的旧草鞋堆在一块空旷而平整的盐碱滩上，多不过三日，就会选一个适当的时机，悄悄烧掉。

东家的这一举动，盐工们并没有在意。大伙都忙着挖大泥、挣铜钱，谁去关心那些穿过的旧草鞋呢。

忽一日，有位盐工夜间起来撒尿，看到东家和少奶奶，一前一后地打着灯笼走近那堆旧草鞋。只见东家划亮火柴，四下里张望一番，随后将那堆旧草鞋点燃了。少奶奶珠光宝气地站在一边，看着东家把那火苗燃旺，然后猫下腰，仔仔细细地拨弄起地上的火灰。

那位盐工很纳闷，心想：东家这是干什么呢？等他看到东家从草灰里拣出一粒闪光的小颗粒，递给少奶奶时，那盐工恍然大悟：东家拣到的是一粒金子，或是一粒天然的金砂石。

常言道：沙里淘金。这波涛汹涌的黄海岸，被海浪冲刷了几千年、几万年，没准他东家早就发现这一带海域的泥质里有金子。他让盐工们每天脱下穿过的旧草鞋，换上新草鞋，目的是让大伙把海泥中的金子给他带回来。这可真是一本万利呀！

此事，当天夜里就在盐工中传开。

第二天，盐工们再穿着东家发给的新草鞋下海滩，头半晌就有人私下里把草鞋拆散，寻找金子。傍晚收工时，好多人都把鞋底翻过来看个究竟。有人干脆学着东家的做法，在收工回来的途中，架起柴禾，把自己的草鞋烧掉。

这一来，东家制裁丢草鞋的办法更加严厉了！凡是当天不把草鞋交上来的盐工，罚去当日的工钱，并扣除当天的伙食。

尽管如此，仍然有人为找到金子，宁愿饿肚子、扣工钱，也要去鞋里找金子。其间，确实有人在草鞋里找到过金子。

事已至此，东家已无法否认那片海滩里有金子。但他对踩到金子的盐工，提出四六分成。原因是，那片海滩，是他东家花了银子买下的。但盐工们每日下海滩的工钱，就此降低了。道理是那片海滩上有金子可寻！

说来也怪，东家对盐工们如此苛刻，先期而来的老盐工，为寻得金子，还是舍不得离去；而那些闻金而来的异乡汉子们，一传十，十传百，纷至沓来，使东家的盐场，气吹的一样，迅速发展壮大起来。

　　不久，那片盐碱地里晒出了白花花的海盐。

　　可此时的东家，忽而抛开手中流金淌银的盐田，做起了甩手掌柜。他将盐河口那上百顷盐田，转租给当地一些小盐商，他本人只管坐收渔利。

　　这一来，少奶奶不干了，她惦记着盐滩里有金子，提醒东家，说："咱们的海滩上不是有金子吗，怎么能这样白白地租给人家？"

　　东家没好气地说："你知道个屁！"

　　东家本想告诉少奶奶，海滩上的金子，都是他私下里设的套儿。但那话已到嘴边了，他又咽回去了。东家考虑再三：女人家，头发长，见识短，有些事，还是让她少知道为好。

闯 码 头

码头上混事，称之闯码头。

这一个"闯"字，了得！透出了多少人的艰辛与苦难，洒下了多少人的汗水与血泪。

盐河口日趋繁荣之后，云集来三教九流的人物，能在此地混饭吃的主儿，个个都是硬汉子！全凭着拿人的手艺和过硬的本领。扛大包的，比的是力气，别人扛一个大包还摇摇晃晃，你能一肩扛两个大包，而且是稳稳当当地踏上舢板，你就是爷，打人前一站，脑门亮堂，说话响亮。耍花船、逛窑子的公子哥，玩的是心跳，出手是大把大把的响银，你有吗？掏不出银子来，别来这盐区凑热闹，一边晒太阳捉虱子玩球去。做小买卖的，如吹糖人、玩大顶、耍花枪、修铁壶、锔大缸的手艺人，讲的是手上的功夫，吃的是手上的绝活。玩得好，耍得开，显能耐！码头上人给你喝彩、鼓掌，称你师傅，叫你掌柜的，喊你爷，请你下馆子，吃"八大碗"。玩不好，掀了你的摊子，逼你下跪喊祖宗，让你灰溜溜地卷着铺盖走人，永远也别想再来盐区混事儿。

这就叫闯码头，有本事的，来吧！

今日说的这位，是盐河口锔盆锔锅的匠人——宋侉子。

南蛮北侉子，一听这称呼，你就猜到，那宋侉子，不是原汁原味的盐区人。山东日照胶州湾那一带过来混穷的一对师徒，师傅自然姓宋，大名没人知道。倒是他那小徒弟刘全的名字好记，很快叫响了。

师徒两人，打盐河上游划着小船来到盐区，选在码头上繁华的地段儿挂起招牌，专做锢缸、箍盆、砸铁壶的买卖。看似小本生意，玩的可是手艺活，任你拿来什么样的破锅、乱缸、旧盆，或是滚珠、玉坠、金钗、银镯等细巧的活儿，师徒两人一上手，几个铜箍、银扒子打上去，好锅、好缸、好物件儿一样，让你喜滋滋地拿回去，再用坏了，决不会是他们下过扒子，打过箍子的老地方，一准是你当作好锅、好盆一样跌打，又出了新毛病。

手艺人吃的是手艺饭，其本领，全在手上。用坏了的锅、盆、碗、壶，到了他们手上，转眼能变成新的一样，可你拿回去用不了多久，你还要来找他们。行内话，这叫拿手活，其中的窍门，行内人不说，行外人不懂。

比如，锢好的锅盆，没用两天，又跌出毛病，看似主家使用不当，可真正的病根，还在他们手艺人的手上。破锅上，一道裂缝下来，给你横着下几道扒子，偏不在裂缝的顶尖处下细工夫。当时看，锅是锢好了，滴水不漏，好锅一样，当你拿回去当好锅一样使用时，稍不留意，碰着了，跌打了，其裂缝继续向前延伸，又坏了！你能怪人家没给你修好吗？不能。这其中的门道儿，行内人一看就知道，行外人再怎么看也不明白。这就是手艺人的能耐。

宋侉子领着他的徒弟刘全，在盐河码头上专事这补锅、箍缸的生意，却出了大名，来往船上用坏了的破缸、旧盆，千里迢迢地也要带回来找他们。盐区，大户人家的花盆、鸟罐、铜盆、瓦缸，以及他们娇妻、美太太、大小姐戴的耳环、银镯子之类出了毛病，也都来找宋侉子。

宋侉子，五十多岁一个小老头，两手粗糙得如同枯树根儿，可做起活来却十分精巧。蒜头大的鸟罐上，他能开槽下箍子，也能钻出蜈蚣一样的细小的条纹，豆粒大的珠宝中，他能打出针尖一样细小的眼儿，也能给镶上活灵活现的金枝玉叶。

这一天，大盐东吴三才家的三姨太派人来请宋侉子，说是有一件细巧的活，要当面说给宋侉子。

宋侉子打发刘全去把活儿接过来。

刘全呢，去了，很快又回来，告诉师傅，说："师傅，非你去不行。"

宋侉子一听，遇上大买卖了，搁下手头的活，喜滋滋地去了。回头来，同样跟刘全一样，两手空空的耷拉着脑袋回来了。怎么的？那活，宋侉子也接不了。

三姨太把大东家一把拳头大的紫砂壶跌了三半，想完好如初，不让大东家看出丝毫的破绽来。因为，那把茶壶是已故的二姨太生前留给大东家的。这些年，大东家爱如珍物，每日用来沏茶，里面的茶山已长成了云团状。按三姨太的说法，要箍好那把壶，外面不许打扒子，里面还不能破坏了茶山。这活，宋侉子没能耐接。

三姨太不高兴喽！当晚，派管家登门，一手托着那把破茶壶，一手拎着一大包"哗铃铃"响的钢洋，身后跟着几个横眉冷眼的家丁。那架势无需多言，这壶，你宋侉子用功夫修吧。至于洋钱嘛，要多少，给你多少。倘若修不好这把壶，身后这几位家丁可是饶不了你！

当夜，师徒两人，谁也没有合眼。

第二天，宋侉子正想卷了铺盖一走了之，可他那小徒弟刘全，却不声不响地想出招数来，他和好一团不软不硬的海泥，给那把长满茶山的壶做了个内胆。而后，内胆上挖槽，壶的内壁打眼，熬出银汁，自"内槽"中浇灌，等银汁冷却，固定住壶的原样后，再一点一点掏出壶内的泥胆，完好如初地修好了那把壶。

宋侉子一看，徒弟这能耐，可以在码头上混事了。相比而言，他这做师傅的反倒矮了徒弟半截儿。

隔日，宋侉子找了个理由，说是回趟山东老家看看。这一去，宋侉子就再也没回盐区来。但盐区宋侉子开的那家铜匠铺仍旧开着。只是主人不再姓宋，而是姓刘。

至今，盐区的宋家铜匠铺，仍旧是刘姓人开着。

不信，你来看看！

赛 花 灯

盐区富人多，摆阔的人也多，且多得没边。

各家门前的石狮子、石鼓、上马台，一对比一对做得精细、精巧、耐看，一个比一个威武雄壮、耀眼！临街的吊脚楼、观景亭、望风阁，一家赛一家精巧工致，雕梁画栋，且专门为路人搭起遮风挡雨的回廊。赶上大灾之年闹春荒，盐区数得着的沈、杨、吴、谢四大家，拉开场子开粥锅、支粥场，一家比一家的粥香、粥稠、有嚼头，而且是两三个月里较起真来不倒号。这只是显阔，还不算摆阔。谢家老太爷过八十大寿时，专程从徐州、淮阴、沭阳、山东日照府请来八台大戏，同开锣鼓、同唱一曲。一时间，谢家的屋里屋外，院内院外，以及来盐区探亲、经商的，人人都能听到、看到为谢老太爷祝寿的大戏，阔不阔？再说一件，更是阔得没边了，那就是下面这件赛花灯——

大清朝就要垮台的那年春节，盐区沈老太爷沈万吉在京城里做官的大儿子沈达霖，借乱世之机，回盐区老家过年。这原本是个"树倒猢狲散"的不良征兆。你想，他沈达霖，堂堂大清国的京官，这大过年的，不留在京城给皇上、老佛爷拜大年，早早地跑到盐区来孝敬爹娘，这算哪码子事？可沈家的老太爷拾个棒槌当针用。怎么说，儿子是京官，能回到盐区来过年，就是给老爷子长脸了！尤其是儿子那一身官服，耀武扬威！沿途，过州，州接，经县，县迎。一直到盐区的家门口，还有衙役们鸣锣开道，了得！

沈家老太爷，大约在半月前得知大儿子要赶在年关，携一房东洋小姨太回盐区过年。家中原本该杀六头年猪的，一家伙放倒了十几头，本该做的年糕、馒头，以及鸡鸭鱼肉"狮子头"之类，全都翻了倍数，就连零食花生、大枣、山核桃、芝麻糖、海瓜子儿，也都重新加了份子。

儿子刚回到盐区的那几天，沈老太爷为摆阔、显脸，连日大摆宴席，宴请州府官员时，还特意把盐区的一些头面人物请来作陪，如大盐东吴三才，泰和洋行的大掌柜杨鸿泰，以及盐区主持盐政的地方官们。其间，沈老太爷说了很多得意扬扬的话，让在场的人听了，都感到很不是滋味。尤其是大盐东吴三才，三分淮盐，有他其二，他的眼里能有谁呢？沈家那样的京官，他见得多了。

可沈万吉就觉得儿子那身顶戴花翎，没处搁了，尤其是儿子身边还伴着个如花似玉的东洋小女人，更让老爷子得意开了。正月十五闹花灯时，沈万吉为显示他的富有，一家伙统揽了盐区所有的烟花爆竹店。

沈万吉要让他的东洋小儿媳看看，盐区人是怎么庆贺新年的；他要给盐区人开开眼，看看他沈万吉在儿子回来过春节的这年正月十五，他是怎样摆排场，怎样折腾出闹花灯的壮观场面的。

首先，沈万吉把盐区的所有烟花爆竹包揽了，盐区的百姓们想买鞭炮，买不到了，等着正月十五的晚上，看沈万吉家燃放礼花吧。再者，十里八乡的舞龙舞狮队，提前三天，全被沈家请去了。别人家，有钱你也请不到了。怎么样，这谱儿摆得够味吧。就连吴三才那样的大盐东，照样叫他没有花灯玩。

好在沈万吉沈老太爷，不敢小瞧大盐东吴三才那样的主儿，提前给吴三才送去帖子，邀请他携家眷，赶在正月十五明月当空时，到他们沈家大院里观花灯、赏礼炮、看舞龙舞狮，共度良宵佳节。

吴三才接了那帖子，眼皮都没抬一抬，他觉得沈万吉那个老东西在变着法儿愚弄他。那帖子，看似给足了他吴三才的面子，人家办灯会、放礼花、搞舞龙舞狮，请到他大东家，够赏光的，够给他脸面的。可仔细一琢磨，他吴三才，堂堂的大盐东，家中上上下下，近百号人，赶在这大过节的，都跑到他沈万吉家去看灯赏花？为人家凑热闹，这算什么事！

吴三才琢磨来，琢磨去，沈万吉那个老东西不地道。他做官的狗屁儿子一回来，他立马长了能耐不成？想摆阔，显富有不是？老实说吧，他吴三才在盐区这块地盘上，向来还没输给哪个。他沈万吉想摆阔，想撒野？盐区没处搁了不是？也不撒泡尿照照，那大清国的香火，还有几天烧头？他那狗屁儿子，眼瞅着成了秋后的蚂蚱，还蹦跶个什么劲儿！

想到此，吴三才扔了那帖子，吩咐管家，套马，赶车，南下，北上，专拣重量级的烟花爆竹给我买，他倒要看看那沈万吉，到底有多少脓水，敢在他吴三才面前耍横摆阔。

出乎意料的是，前去购买烟花爆竹的伙计回来禀报，说周边城镇重量级的烟花爆竹，全都被盐区沈家买去了。也就是说，沈万吉早就防着他吴三才跟他比高低了。

此刻的吴三才，再想派人到更远处去买，已经没有时间了，元宵佳节已近在眼前。无奈何，吴三才只好拣起沈万吉的帖子，到沈家去凑热闹了。

可巧，正月十五夜，也就是沈家大院燃放烟花爆竹的时候，盐河口吴三才家的草料场以及盐河大堤上盐工们搭起的几十家"地笼"茅屋，突然间变成了一片火海！

沈万吉担心是他们沈家大院里燃放爆竹引起的，立刻停下闹花灯的热闹场面，前往火场救火。

盐区的老百姓，闻"火"而动，全都提着水桶、端着脸盆，赶往火场，民间组织的"水龙"扑火队，也纷纷推着水车，抬着"水龙"赶来。

然而，当一拨一拨的人群涌来，要去扑灭大火时，竟然发现所有的道口全被临时封死了。怎么的？前面的火海是无人区。所谓的大火，是大盐东吴三才放着玩的。

火光冲天的时候，大盐东吴三才在人群中看到沈万吉带着儿孙们也赶来救火，拱手嘲讽道："老伙计，我这可是真家伙，比你那烟花爆竹好看多啦！"

沈万吉哑然，一时间，牙根咬得咯咯地响。

大　厨

　　盐区大户人家的厨子，也分三六九等。上等的厨子，肩不担水，手不沾面，甚至油盐酱醋都无需去碰一下，照样吃香的、喝辣的，受伙计们推崇，东家敬重。刚入道的小厨子，就稀松可怜了！他们要在大厨、二厨们的眼皮底下，规规矩矩地打三年的"下手"，担水，劈柴，洗菜，拾煤饼子，帮大厨子们提靴子、递毛巾、捧烟袋，以及掏耳朵、挠脚癣的活儿，样样都要抢着干才行，何时能熬到站在锅边煮粥、蒸馒头，那就有了盼头了！没准某一天的一锅小米粥熬得稠、煮得香，或是哪一笼屉馒头蒸得又白又软又有咬头，让东家的老爷、太太、大小姐们吃得可口了，一句话把你要到身边去，专供其做小灶，你的地位立马就不一样了。

　　刘贵，泰和洋行大掌柜杨鸿泰家的大厨子，一个白白胖胖的小老头，看似貌不惊人，可他凭着一手祖传的煮鸡蛋的绝活，一步一步攀升到大厨的位置上，一坐就是几十年，深得杨家几代人的喜欢。

　　每天清晨，杨家厨房里大锅熬粥、小锅滚汤，伙计们一派忙碌的时候，大厨刘贵会准时来到厨房。但此时的大厨刘贵，并不是去炒菜做饭。早晨的大锅饭，用不着他大厨上手。他单手握一把"咕嘟嘟"响的水烟袋，一身休闲的素装打扮，如同无事人一样，锅前锅后地瞧瞧看看，就算是给伙计们鼓舞了。偶尔，发现地上有滚落的豆子，或是水池里有拣漏了的几片青菜叶儿，他会不声不响地弯腰拣起来，无需去责备哪个，伙计们见了，自然也就脸红了。因为，东家把厨房里的事情交给他打理，他刘贵就相当于杨家的主人一样，做伙计的哪个见了他不敬畏三分呢。随后，等刘贵在旁边的耳房里坐下，小伙计们就会把一壶早就准备好的热茶给他捧上。

那时间，耳房里的炉火已被小伙计们燃旺，旁边有一只狗头样大小的小铜锅，擦洗得明光锃亮。刘贵就是用那把小铜锅来煮鸡蛋，而且是一边喝茶，一边添着木炭、仔细地观察着炉火，极有耐心地为东家煮着一锅"咕嘟嘟"直翻热浪的鸡蛋。其间，若是炉火过大、过旺，他就在旁边的小瓷盆里拣几块鹅卵石，把火苗压下去；过一阵子，火苗弱了，再把石块拣出来，添几块木炭，目的是让小铜锅里的水反复沸腾着。据说，那样煮出来的鸡蛋，既筋道，又香，又有嚼头。

回头，老爷房里派丫鬟来取鸡蛋时，刘贵还要用一条羊肚白的毛巾，先裹上几块尚存余温的石块，与那刚出锅的热鸡蛋一起包了去，以维持鸡蛋不冷、香味不散。整个煮鸡蛋、包鸡蛋的过程，刘贵从不让别人上手，甚至不让外人知道他购鸡蛋、煮鸡蛋的诀窍。天长日久，伙计们自然要嫉妒他！

一天，有个小伙计在二厨子的怂恿下，通过老爷房里的一个小丫鬟，在杨老爷杨鸿泰面前"咬耳朵"，说大厨子刘贵是个贼，还有鼻子有眼地说，大厨子无日不偷、无时不偷、无物不偷，每晚回家时，必包一兜子东西拎上。

杨老爷一听，有些吃惊。在杨老爷看来，刘贵是个极其忠厚的人。他家里几代人都在他们杨家做事。他怎么能背叛主子呢？扪心自问，他刘家吃的、用的，包括盐河口那片青砖灰的小套院，哪一样不是老爷赏给他的？可以说，他们刘家的根，早就扎在他们杨府里了。杨老爷不肯相信丫鬟的逸言。但人世间的事情，不怕你不信，就怕在你心里留下抹不去的烙印。杨老爷自从听了丫鬟的"学舌"，他还真的留意起大厨子刘贵来。

一日晚间，杨家厨房里就要关灯上锁的时候，杨老爷带着小姨太到前面大厅，摆一张小方桌，搬两把椅子，借门厅的灯光，看似在下棋，实则是想堵住大厨，看个虚实。

可巧，那天晚上，大厨的手中果真拎了一包鼓囊囊的东西，路过门厅时，杨老爷打老远就看到了，可等刘贵走到跟前时，杨老爷没有抬头，他似乎是很入神的样子，跟小姨太对垒着。刘贵也没有慌张，只是把左手的东西换到右手去，强装着笑脸，跟老爷、小姨太打着招呼，说："这么晚了，老爷、太太还没歇着？"

杨老爷没有搭理他。小姨太倒是回过脸来，瞭了刘贵一眼，但小姨太很快也把目光转到棋盘上了。刘贵就那么无事人一样，面带着谦和的笑容，从杨老爷身边过去了。可就在刘贵要迈出大门时，忽听杨老爷背后问他一句："刘贵，老家来客了？"

刘贵猛一愣怔，一步门里、一步门外地回老爷话，说："没，没！"

在杨老爷看来，你刘贵的家人们都在他杨府里做事，一天三顿饭，他家里都不用开火，你还用得着晚上再偷点什么回去吗？刘贵被杨老爷那样一问，当然听出杨老爷话中有话，当即停下来，不敢再往外走了。没想到，杨老爷却不想让他当场出丑，扬一下手中正捏着的一粒棋子，看都没看刘贵一眼，说："去吧，你去吧！"

刘贵没再说什么，就那么默默地退下了。

第二天清晨，大厨刘贵破例给杨老爷亲自送来煮鸡蛋，并邀请杨老爷务必到他的寒舍去，看一下他喂养的几只母鸡。

当杨老爷得知他每天清晨所吃的热鸡蛋，是大厨刘贵煞费苦心地挑选带虫口的大枣、百果、人参，以及山核桃、青蚂蚱来做鸡饲料时，杨老爷大笔一挥，批给刘贵——为杨府提供鸡蛋的每只母鸡，每天以一两白银的价格去配饲料。

后人传说，杨鸿泰家的这种供养母鸡生蛋的代价，一直持续到他们杨家清末时家道败落。

斗　羊

　　斗羊，乡野取乐的把戏。弄到盐区来，却成了有钱人的赌场，吸引着方圆几十里的斗羊手。

　　每到冬季，大风咆哮，盐硝四起，盐区一片萧瑟。这斗羊的热闹场景，便一个接着一个地拉开了。

　　那场面，激烈，壮观，有趣，扣人心弦！

　　宽阔无边的盐碱滩上，一望无际的大海边，临时垒起一处高台，并用松枝、彩绸搭起一个"龙门架"。那便是斗羊场的最佳看台！上面坐着盐区的头面人物，如大盐东吴三才，泰和洋行的大掌柜杨鸿泰，以及立春院、得月楼的老鸨杜金花等等。他们都曾为本年度斗羊出过银子。有的，还是某一场斗羊的庄家。

　　黑压压的人群，围出"看台"前面一片空旷的场地，那可是两羊相斗的角逐场哟。

　　最先登场亮相的，是一位身穿白绸袍的斗羊手，他在一阵震耳欲聋的锣鼓声中，翻着跟头，闪亮登场，报出本场斗羊的庄家，来自何方，姓甚名谁，并以一枚铜板的反正面，决定哪一方率先"走场"。

　　走场，就是展示羊的雄姿。

　　随后，双方或多方开始押赌注，白花花的洋钱，耀眼夺目的珠宝古玩，一一捧到台前。参赌者，或庄家单挑，或有钱人对质"叫板"，将赌注越抬越高越长脸面。

　　但是，这"走场"的一招一式，你可要看准了、瞧好喽。否则，你所押的赌注，眨眼的工夫，可就落进别人腰包。

接下来，就听斗羊人一声尖锐的哨响，高台两侧同时放开的两只野马似的斗羊，如离弦之箭，风驰电掣般地向中间"对冲"而来。

说时迟，那时快，围观者，只见羊的四蹄所扬起的盐硝烟尘，如烟似雾，向中间"燃烧"而来。而两股"烟尘"相接的一刹那，只听"咔嚓——"一声脆响，四只羊角，或一对羊头，竭尽全力地碰撞在一起。

倘若两只羊的势力悬殊过大，就这一声碰撞，其中一只羊，或羊角折断，或脑袋开花，当即倒地或调头逃窜。如两者力量不分上下，首次对接之后，羊们会很规矩地各自往后退出一段距离。而后，不约而同地再一次更加凶残地往中间对接，并且是一而再、再而三地进行下去，直至其中一方头破血流地败下阵来。

那场面，激烈，壮观，刺激，好看！但参赌者，提心吊胆，咬牙切齿，揪心挠心，冒着极大风险！不少参赌者乘兴而来，败兴而归。有的，甚至是被人抱着抬着哭着离去。

这一年，从山东沂水来了一位瘦巴巴的汉子，穿长袍大褂，拎五尺长的竹竿烟袋，牵来一只高头大耳的黑山羊，一走场亮相，就看出不是一般的玩家。连续几场下来他都拿了头彩，以至，连大盐东吴三才所下的赌注，都落进他的腰包。

一时间，盐区的玩家们，个个都输红了眼，他们眼睁睁地看着一个外乡汉子占了上风，感觉丢尽了盐区人的脸面！有人私下里找到吴三才，求他一定要想法子，为盐区人出出这口恶气。

吴老爷在玩的方面，向来是高手，斗鸡，玩鸟，耍鹌鹑，样样在行！可这一次斗羊，他却输给了一个外乡汉子，颇感意外。

还好，又一场更加精彩的斗羊开始了。

这可是大东家抓脸面的一场比赛，他为了拿下那个异乡汉子，长长盐区人的斗志，不惜重金，从百里之外云台山上一个老羊倌手中，购来一只野性十足、体大如犊的大山羊，要与那山东汉子的老黑羊决一胜负。

开赛前，大东家押上了重头赌注，并在两羊登场亮相之后，点了舞龙舞狮、魔术杂技，以此烘托场上的气氛。

岂料，没等两场魔术耍完，亮在场地中央等候角逐的那只山东沂水来的大黑羊，突然口吐白沫，摇头晃脑，四肢抽搐，"噢噢"怪叫几声，轰然倒地。

众人不知何故，唯有大东家吴三才和那个山东汉子心知肚明。那只大黑羊，赛前吃了鸦片浸泡过的豆子，相当于当今体育比赛中禁止使用的"兴奋剂"。这阵子，那大黑羊的毒瘾犯了。

此前，它每回上场，都服过"鸦片豆"。所以，每场都劲头十足，势不可挡。可今天，大东家吴三才给他来个"舞龙耍狮子"，一家伙把时间拉长，大黑羊当场现丑。

事后，有人提起那个山东汉子输光了身上的长袍，败在大东家手下时，大东家不屑一顾地笑笑，说："操，就他那点脓水，也来盐区闯荡，一边凉快去吧！"

麻 木 蛋 子

盐区人说的麻木蛋子，不是什么物件儿，而是指一个人。

具体一点讲，他是个残疾人，瘫子，而且是个落地瘫子。行动靠两只手握住一对小板凳，一前一后地来回挪。他姓何，大名没人记得了。盐区的妇幼老少，都叫他麻木蛋子。

麻木蛋子，上无爹娘，下无兄弟姐妹，光棍一个，无依无靠，吃百家饭长大的。他自小手不能提，肩不能挑，既不会啥手艺，又没有什么拿人的屁本事。可他就凭"麻木蛋子"这个绰号，叫响了盐河码头，只管吃香的，喝辣的，穿新衣裳。信不？这叫能耐！

在盐区，麻木蛋子的能耐属第一。用他自己的话说，大东家吴三才都怕他三分。

你想吧，那吴三才是什么人，盐区的头号大盐东。县太爷见了他都要拱手施礼，竟然怕他一个瘫子，费解了吧？那就瞧瞧下面这个故事——

说的是这一年春节，大雪纷飞。

吴家的老仆人曹六，年初一早晨开门扫雪时，忽而发现大门口的台阶上，坐着一个雪人。老仆人吓了一大跳！心想，这大过年的，有人冻死在东家的大门前了？再瞧，那人还活着，手中攥着两个圆鼓鼓的核桃，正在大东家的门槛上"咕吱咕吱"搓着玩。

曹六从门前雪地上划出的雪痕中，辨出那人是何瘫子。想必，他是来要年的，慌忙去厨房摸来两个肉包子，想打发他走人。

没想到，何瘸子理都不理，仍旧不紧不慢地在东家的大门槛上，来回搓着手中的两个圆滚滚的核桃。

老仆人曹六有些着急了！

今儿是大年初一，家家贺寿拜年，老爷家门前坐着这么一个败兴的主儿，让人多挠心呀！再说，那时间吴家大院里的老爷、太太、小姐、丫头们，老老少少几十口人，已经陆陆续续地起床，前往老爷、太太们的房里磕头、拜年了。这可怎么得了！

老仆人曹六，生怕吴老爷的家人看到门口这个极不体面的瘸子，放下手中的扫帚，上来就想扯他到一边去。

不料，瘸子急眼了，上来一口，差点把老仆人的手指头给咬下一个。

老仆人抱着血指，"哎哟哎哟"的惊叫声惊动了院子里玩雪的孩子，也惊动了吴家的管家，以及老爷、太太们。

管家不问青红皂白，上来就猛吓唬一通，要人把那瘸子拖开。可巧，那时刻老东家闻讯赶过来，轻咳一声，止住管家。

老东家走到跟前，很是入神地看何瘸子在门槛上"咕吱咕吱"地搓着手中的玩物。俯下身，极为温和地问他："你搓的这是什么？"

何瘸子回老东家，说："麻木蛋子。"

老东家问："这大过年的，你搓这个干啥？"

何瘸子说："身上没有棉袍穿，搓这麻木蛋子图个暖和。"

大东家猛一愣神儿，忽然想起来，他曾戏言：过年时，要为何瘸子做一身新棉袍。可那话，是在街口人多的时候，大东家跟他何瘸子说着玩的。而今，时过境迁，大东家早把他说过的话，忘到脑后去了。

没想到，这瘸子却记在心上了。竟然选在年初一大雪纷飞的早晨，用这种方式来提醒大东家麻痹大意。

当下，大东家一拍大腿，吩咐管家："快，去我房里，挑一件最好的棉袍，给他穿上！"

何瘸子穿上大东家"赐"给的新棉袍，身价倍增。逢人便说他那麻木蛋子的故事。

很快，盐区叫响了他那独特的绰号——麻木蛋子。

陪　嫁

盐区，大户人家嫁女，身边的丫鬟，也都一同嫁了。

这种陪嫁，无需言表，默认而已。男婚女嫁中，找不到哪家嫁小姐一定要陪嫁女仆的说法。可许多有钱人家嫁闺女时，就那么把小姐情义难舍的女仆一同打发到婆家去了。

接下来的事情，自然是公子喜欢，小姐默许，丫鬟满意，皆大欢喜。

其中的妙处，不外乎小姐用惯了的丫鬟，使唤起来得心应手。再者，丫鬟们跟着小姐多年，相互间有了感情，舍不得分开，陪小姐嫁到陌生的婆家，主仆两人也好做个伴儿。

问题是，小姐易嫁，丫鬟难求。高门大院里的千金，无论脾气好坏，身价高低，只要是到了谈婚论嫁的年岁，孬好都要嫁人。而且，个个都能嫁得出去。可小姐身边的丫鬟，可不是个个都那么贴心、顺从、令主子满意。做丫鬟的都是下人，伺候人的差使，看家的本领是——屈从。

但凡做丫鬟的，都要善于察言观色，见机行事，机敏过人，知道什么时候该说什么，不该说什么；挨训时要俯首贴耳，挨骂时要点头称是。小姐不高兴了，你要跟着不高兴，小姐痛苦时，还要跟着哭眼抹泪，小姐使起性子来，打你骂你挖苦你，你可要耐住性子听好了，不能皱眉撇嘴，露出烦恼的情绪来。否则，让小姐看到你这当丫鬟的，还敢跟主子耍性子，那可就完了，随便找个理由，立马打发你另谋其主，让你有泪蛋蛋往自个儿肚子里流。

这就是丫鬟们干的差使，多难！

可就是这种不是人干的差使，做丫鬟的个个都做得津津有味，奇不？说透了，道理也简单，那些不善于做丫鬟的，压根就不是做丫鬟的料儿，早早地就被主人打发走了。剩下的，个个都是服服帖帖，有胆有识，有谋有略，能屈能伸的人尖子，自然能把丫鬟这差使做得精到、细致、体贴入微。

十年磨一剑，小姐身边用惯了、摸熟了、理顺了的丫鬟，舍不得分离，这是常事。所以，但凡小姐婚嫁，闺中陪伴她的丫鬟，也都拎上包袱，跟上主子，到婆家那边去乐享荣华富贵去了。

但是，丫鬟陪嫁，非妻非妾，又似妻胜妾。

平日里小姐的衣食住行，样样都是丫鬟伺候着，说得仔细一点，小姐脱下的内衣内裤，都是丫鬟们洗好了叠整齐，悄悄放到小姐枕边的。这样贴身的女仆，再有几分姿色，让公子动了爱心，哪还有什么妻妾之分呢。

盐区杨府的四少爷，娶来盐河口金家的大小姐为妻时，只因妻不如丫鬟水灵、漂亮，婚后时间不长，杨四少爷便移情别恋，与金小姐身边的丫鬟黏乎到一起了。

这事情，在那个年代原本是不足为奇的。可谁又料到，金家的大小姐是个醋坛子、醋缸，她生怕四少爷一旦喜欢上她的丫鬟，就会冷落了她。所以，她把身边的丫鬟看得死死的。

做丫鬟的，向来就是奴才命，奴才就要听主子的话。婚前，金小姐是她的主子。婚后，四少爷也是她的主子呀，两边的话，她都要听。对此，那丫鬟拿出了看家的本领——两头打哄。哄着她的新主子、旧主子，各自高兴。

好在，那时间杨家的四少爷不经常在家，他忙于生意场上的事，常往南洋、扬州等地倒腾盐的买卖，两三个月回来一趟，家中的两个喜爱他的女人，就此展开了明争暗抢。

金小姐是主人，只要四少爷一回来，她就限定了丫鬟的自由，不是支开她外出购物，就是打发她回娘家那边去拿个什么物件儿。要么，就是把丫鬟叫到身边，寸步不离地守着，不许她和四少爷来往。

可丫鬟也是女人呀，她也需要男欢女爱。但在金小姐面前，她不能明目张胆地去爱四少爷，她要装作无事人一样，让金小姐放心。夜晚，丫鬟睡在耳房里，听到四少爷起床小解，她就悄悄地跑去跟四少爷亲热一阵。但那样的时间，毕竟太短暂。再说，四少爷也没有那么多尿水"哗啦哗啦"地撒呀。

鬼精的丫鬟，想出一个妙计，她事先准备好一把大壶茶，单等四少爷夜间下床撒尿时，她一边把茶壶里的水"哗啦哗啦"地往马桶里倒，假假地弄出那种男人撒尿的声响，一边与四少爷耳鬓厮磨地亲热。里屋里的金大小姐，听到外面的"撒尿"声，自然不会想到她的男人正与丫鬟黏乎。可久而久之，也就是四少爷夜里起来撒尿的次数见多，而且撒尿的时间越来越长时，那位醋意浓浓的金大小姐还是起了疑心！

终于有一天，金大小姐找到病根所在，当着丫鬟的面儿，将那把大茶壶摔个粉碎。

秦 大 少

秦大少，叫全了本该是：秦家大少爷。只因为秦家昔日辉煌已去，这秦家大少爷就变成了——秦大少。其中的一个"爷"字没了，可见其身价也就没了。好在祖上留下的两条南洋船还在他手上玩着。

盐区人说的南洋，并不是地图上标的南沙、西沙、海南岛，而是指远离盐区南面的海洋，大概是指上海吴淞口，或舟山群岛那一带。那里的水温，相对苏北盐区来说，稍高一点。每年春、冬两季，鱼虾来得早，去得迟。

早年，盐区的许多大渔船在本地海域捕不到鱼虾时，就三三两两地组成船队，到南洋一带海域去捕鱼。

盐区，能到南洋捕鱼的三帆船，数得着的就是秦大少手中的两艘大船。

秦家鼎盛时，日进斗金，大小船只几十艘。盐区下南洋、跑北海的船队，每回都少不了秦家的大船。可到了秦大少这一辈，黄鼠狼下小耗子，一代不如一代了。

那个看似白白胖胖、长得富富态态的秦大少，别的能耐没有，典当起家产来，一个赛俩、顶仨！老祖宗给他留下的那点家底子，没等他小白脸上吃出胡须来，就已经差不多水干见底了。后期，那小子迷上了花街柳巷，家道算是彻底败落。好在祖上留下来的两艘保命的南洋船，秦大少始终留在手上，小日子照样过得有滋有味。

秦大少虽然有船，但他本人不玩船。

秦大少把他的船雇给别人到南洋去捕鱼，他在盐区坐享其成。

每年春季，大多是春节刚过，各地来盐区混穷的汉子，三三两两地夹着铺盖卷儿，在盐河码头上晃荡，等着有钱人家来找他们挖沟、修船，或是到码头上扛大包。秦大少就是在那样的人群中，物色到年纪轻、身板硬、力气大的汉子，领到家中，先问问人家会不会玩船，得到的回答是会，或是还可以，秦大少就酒饭招待。

秦大少会吃，也会做，他把肥膛膛的猪头肉切成小方块，拌上翠绿的大葱片，浇上姜汁、香醋，撒上盐沫，放在一个黑红的瓷盆里，上下一搅拌，喊一声："爷们，把我床底下的'大麦烧'搬出来！"

已经在码头上饿了几天的穷汉子们，一见到秦大少的猪头肉、大麦烧酒，外加香喷喷的麻底饼，一个个甩开腮帮子，大吃大喝一通。

秦大少来回斟酒，递烧饼，笑呵呵，乐颠颠，时不时地也弄一块猪耳干在嘴里"嘎嘣嘎嘣"嚼着。

回头，大伙儿酒足饭饱了，秦大少丢上一副黑乎乎的小纸牌，神仙一般，优哉游哉地让大伙陪他摸两把。

那纸牌，秦大少不知摸过多少回了，窄窄长长的，猛一看，黑乎乎的一片，仔细辨认，好多牌都有了残角卷边，有的还在背面掐了指印子。

那些，都是秦大少爷摸牌的"彩头"。

秦大少哄着那些初来乍到的异乡汉子："来吧来吧，摸两把，输赢都没有关系。"等大伙儿真的跟他坐上牌桌，秦大少就会从茶桌底下，拿出他早就准备好的纸和笔，晃动着一双白胖胖的大手，指指点点地说："记账，记账，待你们南洋归来，统一算清。"

那样的时刻，能坚持跟秦大少玩牌的人，大都酒劲上来了，晕晕乎乎的只想打瞌睡，顾及不到秦大少在牌上做了手脚，一个个迷迷糊糊地全都输给了秦大少。

秦大少呢，一边摸牌，一边安慰输牌的汉子："没得关系，没得关系的，到了南洋，你们好好捉鱼网虾，几天就捞回来了。"

说这话的时候，秦大少往往是食指蘸着口水，玩得正起劲儿。可陪他玩牌的人，谁也没有料到，这是秦大少用人的一个计谋。

你想想，牌桌上输了钱的汉子，跟船到了南洋之后，回想起自己在秦大少家吃的那顿肉菜酒饭，牌桌上迷迷糊糊输掉的冤枉钱，哪个不咬紧牙根，拼命地下网捉鱼虾，好把输掉的钱捞回来？这正好是秦大少抽取"油头"时所盼望的；而少数赢钱的汉子，大都是船上的掌舵人，想到秦大少还欠着他们的银子，无论大船开到天涯海角，也要想着返回盐区，找秦大少讨回银子呀。这又是秦大少放船给人家的一个抓手。

所以，每年秦大少雇用船工时，必须先领到家中吃一顿丰盛的肉菜，喝一场醉生梦死的老酒，玩几把众人皆醉我独醒的纸牌。

那样，一旦大船从南洋归来，秦大少搬出账本，三下五去二地扣掉船工们输给他的银两，舒舒坦坦地过一段好日子。待下一次大船下南洋时，他再变本加厉，重蹈旧辙。

直到有一年，秦大少那两艘下南洋的大船一去不复返了，秦大少这才恍然大悟：纸牌玩大了——那帮王八蛋串通一气，驾船跑了。

"他奶奶的！"

多　嘴

　　码头上，叫得响的人物，大都有点来头。如大盐东吴三才，泰和洋行的大掌柜杨鸿泰，以及儿子在京城里做官的沈万吉等等，个个都是码头上响当当的人物，谁敢惹得起！他们在码头上有一定的地位，说话硬气，隔三岔五的，总有人请去吃酒宴，倘若是酒足饭饱之后，喷着满脸的酒气往街心一站，那姿势，威武、气派、脑门亮堂。没有来头的人，惨了！如宋侉子、潘驼子、风筝魏、帽子王等，他们都是异乡来码头上混穷的手艺人，此地无亲无故无依靠，只有夹着尾巴做人，凡事都要小心点，千万别狂言诈语惹出乱子，就是他们的福份、造化了。

　　盐区这地方，十里洋场，有钱人多，有能耐、耍横的主儿，更多。没准，你一个响屁放得不是地方，就有人盯上你，讨要闻臭的银子，给不？不给，拳打脚踢是轻的，十之八九，让你倾家荡产，逼你卷起铺盖走人。

　　民国十几年，军阀白宝三，领着队伍，浩浩荡荡地开进盐区来。传言，这人可是有点来头，盐区人说他的叔叔是大名鼎鼎的白崇禧，那可是蒋介石手下的一员虎将。

　　白宝三打着"白家"的旗号，两手空空地别着一挂"盒子"来了。盐区的那帮富得流油的"盐大头"们，你们就看着办吧！

　　识相的，赶快腾房子，送银两来，让我们白团长和他的弟兄们，好好安顿下来。不识相的，敢跟他白团长耍奸、磨滑、捉猫迷的，那好吧，你等着瞧，保准以后有你的好果子吃。

大盐东吴三才绝顶聪明，他看白团长初来乍到，身边没带女眷，先送女人，后送金银。而且是别出心裁地领来一个又白又俊俏的东洋小妞儿，孝敬白团长。

白团长很高兴！赏给吴三才一个盐区领事的头衔。并责成他亲自牵头，多方筹措资金，在海边为他的日本小姨太建起了一栋漂漂亮亮的小白楼，开窗可眺望大海，关窗后，还可以让那小女子从大海的涛声中，联想到她一海之隔的大日本帝国。

竣工之日，白团长给盐区大大小小的头目下了请柬。目的，就是想敲大伙的竹杠。

接到请柬的人，明知这顿饭吃不得，可还不敢不去！那时的白团长，手中握着枪把子。他打着维护一方平安的旗号，驻扎到盐区来。这在当时军阀混战的岁月里，他就是盐区的最高地方官，你敢得罪他？反了你了。

所以，接到白团长请柬的人，全都乖乖地揣上红包，捏着鼻子，强装笑脸，前来庆贺。

当天，白团长大摆宴席，宴请八方来客。

酒过三巡，菜上八道，白团长领着他的小姨太，假模假样地给大伙敬酒。一阵寒暄之后，白团长笑哈哈地问大家："诸位，看我给太太建造的小白楼怎么样呀？"

回答自然是一片喝彩！而且是异口同声地说："好！"

白团长很高兴，正要举杯同大家共饮，忽而，坐在角落里的一个小盐商，外号曹大瓜，端起酒杯站起来时，叫一声白团长，说："白团长，你这小白楼，确实不错，盐区当数第一。就是门前的这条路，太差了！"说这话时，那个曹大瓜，还下意识地抬起脚，示意给白团长看，他来时，脚上沾了很多海泥巴。

刹那间，就看白团长脸色一沉。要知道，你曹大瓜在如此喜庆、热烈的场合，当众揭短，如同当着众人的面儿，在白团长光彩照人的脸上拍死一只苍蝇，多尴尬呀！

那一刻，就看白团长笑容僵在脸上，转身把手中的酒杯，放进一旁卫兵的托盘中，一个人"叭叽叭叽"地鼓起掌来。

在场的人不明白白团长鼓掌的意思，先是三三两两地跟着拍巴掌，紧接着，又有人跟着鼓掌，直至全场欢声雷动，白团长才示意大家停下掌声。

白团长满脸笑容地走到曹大瓜跟前，轻拍着曹大瓜的肩膀，伸出大拇指，说："曹掌柜，你可真是我的好兄弟！既然你看出我这门前的路不好，那就劳驾给我铺铺吧？"

曹大瓜一愣！尚未回话，就看白团长冷脸一板，说："给你三个月的期限……"后面的话，白团长没有细说，曹大瓜就放了冷汗。

从海边的小白楼，到盐河码头的闹市区，足有两三里的路程，那可不是一个钱两个钱能铺起来的路段。但白团长已经发话了，曹大瓜岂敢违背！只有豁出血本，铺吧。

而今，白团长的那栋小白楼早已毁于战火，可曹大瓜为白团长铺的那段通往海边的大道，仍旧在。而且，大道两边，早已经发展成繁华似锦的海滨城。

选　匪

　　土匪张黑七，领着弟兄们打到盐河两岸去的时候，他手下的人马已经发展成一支浩浩荡荡的队伍。

　　张黑七自封为匪首。匪首之下，还有一帮跟着他出生入死的团长、旅长、伪队长之类。

　　那帮家伙，个个都是张黑七的铁杆兄弟，全都是张黑七亲自挑选出来的帮凶，随便拉出一个，都有一套看家的本领：要么不怕死，能打硬仗，敢于冲锋陷阵，别人攻不下来的堡垒，他上去就能拿下来；要么点子多、主意怪，大伙都没想到的事，他能足智多谋、化险为夷。张黑七本人斗大的字识不了几个，可他很赏识有文化、有智慧的人。

　　一日，张黑七让他手下的副官，从队伍中给他挑选一个勤务兵。

　　副官深入基层，从各排各班、排中，层层挑选出一批年轻力壮的小伙子。而后，比武功，试刀法，打靶子，等送来给张黑七亲自圈定时，那已经是过五关斩六将，百里挑一了。

　　但副官还不能自作主张指定哪个，他只能选出其中他认为满意的，送来给张黑七定夺。

　　因为，勤务兵也就是警卫兵，他兼有提茶倒水和保卫张黑七人身安全的双重任务。有谋无勇，不行；有勇无谋，更不行！必须智勇双全。

　　张黑七看看副官给他挑来的那几个虎背熊腰的棒小伙，说："好呀，让他们先吃饭吧！"

想必，副官领着他们比武弄枪，折腾了大半天，张黑七站在一旁也都看到了。

这会儿，正好又是晌午了，食堂的大师傅刚好煮开了一锅热气腾腾的面条子。

张黑七摇晃着手中的芭蕉扇，说："吃饭，吃饭，让他们先吃饭！"

说这话的时候，张黑七还关照正在为他们装面条的大师傅："装满一点，每只碗里，都给他们装得满满的。"

这下好啦，食堂门口的小石桌上，一溜儿摆开了三五碗滚烫滚烫的面条子，张黑七端坐在当院的小槐树底下，让他们把面条子端过来，到他跟前的饭桌上吃。以此，想看看他们都是怎样来端那碗热面。

还好，第一个走过去，面对那碗上尖下流的热面，脸不变色，心不跳，弯下腰，双手捧起碗帮，如同捧住炭火一般，将那碗热面，稳稳当当地端到张黑七跟前的饭桌上。

张黑七夸了一句："有种！下一个。"

第二个也不示弱，学着前者的样子，大义凛然地走过去，弯腰捧起热面。有所不同的是，第二个脚下的步子迈得飞快！汤汁虽然洒了一些，但他少受了不少皮肉之苦。

张黑七也夸了一句："好！下一个。"

第三个走过来，顺手摸过石桌上的一双筷子，将碗中的热面一拧，高挑在筷子上。而后，一手端着碗，一手挑着面，大步流星地走到张黑七跟前。

张黑七一拍大腿，当即竖起大拇指，说："好啦，就是他。其他人吃过面，都回去吧！"

谋　赌

　　黄昏的时候，四水顶着尖尖的小北风，塑料袋里拎着两瓶简装的汤沟酒，如同拎着一只扑扑抖动翅膀的大白鹅，一路歪歪斜斜地缩着脖子去三饼家喝酒。

　　三饼跟人在盐河口里摸海贝，两三个月回来一回。每次来，他都要带点海鲜什么的，把四水喊过去，喝个四两半斤的。两人处朋友，好多年啦！三饼没从事摸海贝之前，两人白天黑夜地裹在一起玩。

　　摸海贝，是海边男人很无奈的一件事情。每天跟小船到海里，穿一身水鬼服，下到几十米深的海水底下，专摸那种价格昂贵的象牙贝、美女蚌，有时，还能摸到小锅盖一样大的大海螺，危险性挺大，一口气上不来，就死在海里了。但那差使很来钱。三饼每次回来，腰包都是鼓鼓的。

　　所以，三饼看四水拎来两瓶汤沟酒，感到很好笑，三饼跟四水打趣说："叫你来，你来就是了，还拎个熊酒干什么？"

　　四水把酒放在三饼家饭桌上，接过三饼递来的一支价格不低的香烟，捧火时，从客厅的大镜子里，看到三饼女人从小里间也拎出酒来，四水很随意地往桌上一指他带来的酒，说："自家店里的，喝这个就行啦！"

　　四水家临街开了个不大的烟酒店，生意不是太好，可四水门路多，经常把小学校的老师们请到家里吃吃喝喝、打打小牌什么的，让村小学专门批发他家小店里的写字本和钢笔水什么的。

　　但四水手里存不住钱，他好赌。今晚，三饼约他来，没准还要摸两把！

　　果然，"一瓶一汤沟"见底之后，没等三饼女人把桌子上的碗筷收拾利落，四水醉不拉叽地问三饼："摸两把？"

　　三饼借着酒劲儿，说："摸两把！"

平时，三饼女人不让三饼上牌桌。今晚，看他们哥俩喝得高兴，也就不管了。

他们说的"摸两把"，就是"搬大点"：随意摸两张牌在手里，或一张、三张都可以，亮牌时，只要不超过"10"，谁的"点"大，谁就是赢家。

那种玩法，一半是手气，一半是胆气！

三饼女人看他们"噼噼叭叭"地甩着牌，原本想跟三饼早些钻被窝的，那阵子也被他们牌桌上移动的钱所诱惑。但她似乎没在意他们怎么玩，坐在里间的小床上，一边织着毛衣，看电视，一边张望客厅镜子里面他们玩牌的场面。每当听到外面牌桌上叫板激烈时，她的目光就不由自主地被吸引到外面去。

三饼女人不知道三饼输了多少钱，但他看到四水把赢到的大票子揣进内衣口袋，零钱、毛票子随意踩在左边的脚底下，心里就有些焦焦的！她不想让三饼再玩了，她觉得三饼今晚的运气不佳。可那边牌桌上输红了眼的三饼，反而把赌注越下越大了。

三饼女人已无心织毛衣、看电视，两眼不停地向外面镜子里张望。镜子里有他们两人玩牌的场面。

忽而，女人蹿出来，一把捂住牌桌上四水刚刚洗好的一把牌，满脸怒色地盯着四水，压低了声音说："你把今晚赢的钱，统统掏出来！"

四水的目光与三饼女人的怒色相触时，三饼女人咬牙切齿地说："掏！"

三饼愣了！心想，女人这是怎么啦，牌桌上哪能这么说话呢？三饼想训斥自家女人滚到一边去，可那一刻，四水的脸，腾地一下红到脖子。

三饼女人直盯盯地瞪着四水，说："我们家三饼，不交你这样的朋友，你给我滚出去！"

四水坐在那儿一动没动，可他的额头上，顷刻间冒出了一层细密的冷汗。

三饼女人怒色威逼，四水抖抖索索地从内衣口袋里摸出一把钱，默默地放到牌桌上，三饼女人厉声喝斥他："滚，滚出去！"

这时，三饼似乎也感觉出什么不妥来，他愣愣地看看四水，又看看满脸怒色的自家女人，惊诧之中，说不清是问四水的，还是问女人："怎么回事？"

女人告诉三饼："你看他左边脚底下踩的是什么？！"

三饼站起来，去看四水左边那只脚，只见四水的左脚直打颤儿！

三饼女人随之一脚踢过来，只见四水的左脚底，正踩着一张鲜艳的红桃10。

四水就是利用那张桃10，以挠脚或脚底下摸零钱的方式，随时把那张可以做赢家的"大点儿"换到手中。

争　鱼

在盐区，九筐是个出了名的闷嘴驴，凡事听他女人的。偶尔，驴脾气上来，女人的话他也当成耳旁风。

但九筐是把逮鱼的好手！家中有十几条大大小小的渔网，每天出没在盐河上游大大小小的沟湾河汊子里，不声不响地下河布渔网子，捉到的鱼虾，自家吃不了，女人便拿到盐区集镇上卖。

天长日久，盐区哪条河汊子里什么时候有鱼虾，有什么样的鱼虾，九筐了如指掌。

这天后半夜，九筐听到窗外"哗哗哗"直倒的雨水声，想到潮起潮落的盐河上游的河汊子，一定是水急鱼跃！

九筐翻来覆去睡不着。

睡不着的九筐，猛不丁地拍了女人一巴掌，扯上女人，冒雨去盐河上游的河汊子里，布下了一层一层的渔网子。随之，有鱼儿缠到网上，打起了令人惊喜的鱼花；紧接着，成群的鱼虾涌上来，渔网上的漂子都给坠到水里。

九筐的女人喜上眉梢。

九筐则心事重重。

九筐估摸，今夜所捉到的鱼虾，八成是上游何大嘴家鱼塘里跑出来的。

果然，天快放亮的时候，何大嘴急匆匆地端着把渔叉找来了。而且，上来就搬弄九筐家的鱼篓儿。

九筐女人问何大嘴："你要干什么？"

何大嘴指着鱼篓里的鱼虾，说："这些鱼虾，都是因为我们家鱼塘决了口子，你们才逮到的！"

九筐低着头，眼皮都没抬一抬。

九筐女人双手叉着腰，问何大嘴："那又能怎样？如果不是我们两口子在这儿下网子，这些鱼虾是不是全都跑进盐河，游到大海里去了？"

何大嘴说："那我不管，反正我们家鱼塘里的鱼虾，你们一个也不能拿走！"何大嘴要把那些尚存活的鱼虾，快点放回他们家鱼塘里去。

九筐女人不让，她推开何大嘴，不让他在那儿摆弄她家的鱼篓子。

何大嘴急了，要跟九筐女人支架子——打架。

九筐知道何大嘴不会跟他女人动拳头，一个大老爷们，怎么能跟女人一般见识呢？但九筐不想把事情闹大，他就那么不言不语地把手伸进鱼篓里，将活的鱼虾，留在鱼篓里，死了的，拣到一边泥地里。

很显然，九筐是想把活的鱼虾让何大嘴拿走，死了的，他带回去。

没想到，九筐的这个想法，何大嘴不同意，九筐女人也坚决反对。

九筐女人扯开九筐，正言厉色地说："我们一没偷、二没抢，凭着自家的渔网在下游的河套逮鱼捉虾，你这是干什么？"九筐女人没好说，越是鲜活的鱼虾，拿到集市上，越能卖上好价钱。

何大嘴说，他家鱼塘里跑出来的鱼虾，被九筐两口子捉到了，就如同他何大嘴家的鸡鸭，跑到九筐家的院子里是一个理儿，难道就拦下不给了，真是的！

九筐女人说何大嘴那是屁话！

何大嘴反过来说九筐女人说的是屁话。

两个人斗鸡一样，争吵起来。

九筐有些恼火！猛起身，搬起鱼篓里满当当的鱼虾，"哗啦"一下子，全都给倒进波涛翻滚的盐河。

九筐女人看到九筐的这一壮举，先是一愣，但她很快支持九筐的做法，问何大嘴："这样，你满意了吧？算我们今夜没来。"

何大嘴呢，扑闪着两只大眼睛，傻愣了一会，忽而，也称赞说："好，倒得好！"

九筐不搭理他们，独自背着渔网和空落落的鱼篓，前头走了。

九筐女人与何大嘴跟在后头，尽管还在高一声、低一声地争吵，但此时，他们所争吵的内容——都感到很解气，很好！

一 筐 苹 果

中秋节的前一天下午，下雨。文化馆买来好多苹果，堆在传达室门口的廊檐下。谁下班走，谁去找自己的那一份，苹果筐上都贴着纸条。王大民坐在窗口，看人家相互搭手，把苹果筐抬到自行车后座上，有说有笑地推着车子走了，心里很不是滋味。

王大民不知道那苹果有没有自己的，他是前任局长唐家全弄到局里来"帮忙"的。

原先，王大民在下边一个乡文化站当站长。前年冬天，县里搞文艺汇演，王大民以一出淮海戏《挑盐》，在全县拿了编剧奖。后来，那个节目拿到省里，还获得了"五个一工程奖"。

唐局长看王大民是个人才，就把他从下边"挖"上来，放在县城文化馆剧目组搞编剧，计划找机会先把他户口解决了，有可能的话，再给他转个干什么的，让他专心在县文化馆搞创作。

谁知，八字还没成一撇，唐局长调走了。准确地说，唐局长是被人家挤走的。新来的局长不关心他的事，背后还放出风，说文化馆的人员超编，富余人员，哪里来的还到哪里去。这分明是针对他王大民的。早知是这样的结果，老婆孩子别往县城接就好了。而今，一家老小都跟着他风风光光地进了县城，怎么好有脸面再往乡下搬哟！

王大民曾经想去找找刚来的新局长，可听人家说，新局长和前任局长唐家全是死对头，他也就死了那个心。再返回头去找唐局长，显然是不现实的，他唐家全是被人整走的，调到一个山高皇帝远的林场去当什么书记，自己还顾不了自己，怎么好再去给他添乱呢。天塌下来，一个人顶着吧！

但王大民的日子不好过。自从新局长到任后，他不敢多讲一句话，整日如履薄冰，时刻担心人家一脚把他给踢了。

早知道上头变化这么快，杀他一刀，他也不会到县文化馆来。现在进退两难了。文化馆里原先吃过唐局长苦头的人，还有那些忌妒他王大民走红一时的人，都把他王大民定格为唐家全的人。这会儿，很少有人正眼看他。

王大民呢，也不愧为七尺男儿，在外面受了天大的委屈，回到家只字不提一个"恼"字，更别说在老婆、孩子面前唉声叹气了。他觉得，一家老小，尤其是七十多岁的老母亲，跟着他来到县城，原本是让她们享福的，怎么能让她们跟着受委屈呢？所以，王大民心里再苦，回到家仍然装作没事人一样。可他，深知自己的处境日趋艰难。

就说这分苹果，他担心没有他的。果真被他猜中了！王大民坐在窗前，眼睁睁地看到廊檐下最后一筐苹果被打扫楼道的王嫂搬走了，他心里真像是被人伤口揾上一把盐一样难受。

不是他王大民买不起一筐苹果，这明明是在排挤他，是给他难堪呀！你王大民在文化馆到底算是干什么的？连个打扫卫生的王嫂都不如，还什么创作员，"五个一工程奖"呢？狗屁！

想当初，他王大民在乡下干文化站长时，也是乡里一块响当当的牌子，哪个能小看他呢？现如今，怎么混到这个地步！

晚上往回走时，幸亏小雨下大了，王大民把雨衣使劲罩在脸上，走到大门口，连声招呼都没打，头一低，走了。

回到家，六岁的小女儿甜甜，看到人家的爸爸、妈妈都驮来苹果，她也要吃苹果。王大民没好说没有爸爸的苹果。他哄女儿说："爸爸的苹果放在办公室里了，明天给你带来。"甜甜不让，缠着爸爸现在就要吃。甜甜说："你去办公室驮！"甜甜还说，她要跟爸爸一起去。

王大民没有吱声，可此刻，他心里极为苦闷！他拦过女儿，强打着精神，说："甜甜听话，爸爸明天一定给你把苹果带来。"不懂事的甜甜噘着小嘴，说："不！我现在就要。"她已经看到院子里别人家的小朋友吃苹果了，所以，甜甜现在也要吃苹果。王大民一拧头，说了声："好！"随之摸过门旁还在滴水的雨衣，开门走了。

时候不大，王大民当真扛来一筐苹果。

那时间，他浑身上下都湿透了，女人看他湿成个"落汤鸡"，问他："你的雨衣呢？"王大民忽而想起来，雨衣忘在街口的水果摊上了。

金波，河南省作家协会会员，入列"当代微型小说名家"，冰心儿童图书奖获得者。作品曾获首届鲲鹏文学奖、中国微型小说年度评选二、三等奖。曾任责任编辑、编辑部主任、副主编等职。有小小说、短篇小说等文学作品 900 余篇问世，其中 100 多篇入选《小小说选刊》《微型小说选刊》《微型小说精品》《作家文摘》《中国小小说 300 篇》等选刊、选集。出版有小小说集《给你一个教训》《妈妈的眼泪像河流》等。

金波卷

童年的火炮

火炮，也叫板炮，横十行、竖十二列，点缀在一张纸上，所以又叫"纸炮"。用时，撕下一粒，用钝物敲击，发出"吧"的一声脆响，这就是玩火炮。如今已没有孩子玩这种火炮了，而在我的童年，玩火炮则是孩子们春节期间的唯一娱乐。

有了火炮，怎么玩、玩什么花样儿就显出了孩子们的能耐和智慧。最笨的一种方法是把炮粒搁在石头上，用铁锤敲，每炮必响。自从看了战斗片电影后，孩子们便尝试制造各种各样的"手枪"。

最先的木制仿真手枪，就是在枪把上方挖掉一寸长方木做枪栓，枪栓一端和被撞击的枪体分别用铁皮嵌上，然后截一圈废旧架子车内胎箍住枪栓和枪体。使用时，将枪栓拉开一条缝，挂在枪后跟上，再填火炮，举起手枪，将枪栓顶起，由于皮圈的弹力，将火炮撞响。不过，这种玩法容易使装好的火炮偏离，造成"冒火"，不敢随心所欲地玩，所以很快就被淘汰。

后来又加以改进，不仅有枪栓，还有扳机，更像真枪了。而装火炮的地方嵌着一枚弹筒，枪栓则是门窗上的铁插闩，一头九十度弯曲，正好挂皮圈，扳机是用一截硬铁丝弯成"Z"字形，手扣扳机，扳机顶动枪栓，枪栓撞击弹筒，里面的火炮就发出沉闷的响声。

就这样，孩子们虽然从没有玩过商店出售的那种手枪，甚至连见都没见过，但他们有的是智慧和手艺，他们用自己的一双小手给自己的春节创造欢乐。

在我的童年里，不管是最初的手枪，还是改进后的手枪，都最先出自同湾子的喜子之手。

　　这年临近春节，喜子突然跑到我家，兴奋地告诉我，他又制造了一种手枪，是用粗铁丝做的。原来，喜子不知从哪儿搞到了几根板车上的辐条，辐条上还带着可以拧动的接头。将辐条折成枪形后，将一头绷在接头的边沿上，如果在接头口内装上火炮，一捏枪身，绷在接头口边的一头就弹进口内，将火炮击响。喜子用火柴头试了试，果然击出一团火花。喜子还兴致勃勃地告诉我：过年时，他来找我一起玩火炮。

　　因为火炮是春节时的玩物，所以平时大人们限制很严，不到腊月二十八不给孩子买。可这年最后一个集市，大人们办年货归来时竟一个个令孩子们大失所望。原来，卖火炮的商店去年发生了一场火灾，经勘查认定是老鼠咬火炮起火所致，决定不再经营火炮了。喜子把这个消息告诉我时，失望得流下了眼泪。怪不得先前我去了几趟商店都没买到火炮呢。

　　腊月月小，第二天就是大年二十九。下午，喜子又来告诉我，他打听到了，晏河集的商店有火炮卖，让我明天一早陪他一起去晏河。我答应了，可我爹却坚决反对，还把我锁进了小屋。喜子只好一人去了。

　　后来听说，喜子一早出发，一直走到中午才赶到晏河集，听到满街上响着吃年饭的鞭炮声。商店自然锁门了，喜子就奔代销点，没买到，喜子只好去了张集。又走了四十多里，天淡黑时终于到了张集。可一问代销点，仍旧没有。"完了！"喜子急得一屁股瘫在地上。这时有个小孩玩着火炮走过来，看见喜子手里的手枪，提出用一板火炮与他交换。喜子高兴地说："行，反正我家还有辐条，我回去再做一支。"

　　喜子为这天总算没有白跑一趟而高兴，回家的脚步也快了。这时天下着雨雪。喜子把火炮藏进棉袄里面，甩开步伐往回赶。估计十点多钟才摸黑赶回去，喜子的爹已经站在村头张望了大半天，急得连年饭都没吃下去。见了喜子，一把抱起来，想问几句话，却见喜子头一歪，倒在自己的肩头睡着了。

　　那一天，喜子走了一百多里路，腿已经瘸了，睡了两天才缓过来。最可惜的是，他辛辛苦苦用枪换来的火炮却让汗水打湿了。

　　转眼到了大年初三。这天早上，我还在被窝里睡大觉，就被爹叫醒，他递给我一支崭新的铁丝手枪，说是喜子送给我的。我揉揉眼睛问："喜子呢？"爹说：

"喜子天不亮就跟他爹一起走了，到江西去拉板车。"

那些年，一些缺粮的家庭为了养家糊口，常常到江西去拉板车，除了上交生产队的工值钱，还有相当可观的收入。可是，由于路途遥远，往往一去三四年才能回家。

那一年，喜子刚好十二岁，正是农家孩子当家立志的时候。他送给我的"手枪"，帮我度过了以后几个快乐的春节，直到我也长到十二岁……

背书的女孩

因为照顾小弟小妹，姐姐十二岁那年才开始读书。姐姐读书很用功，每天放学回家后，她总是一边干家务活儿一边背书，满屋子里充满了她流利的有节奏的读书声。

姐姐上到三年级时，父亲突然卧床不起。那时我们都还小，全靠母亲一个人来支撑这个家。一天，一位好心的邻居来劝母亲："让你家大妮子回来挣工分吧。"正在剁猪食的姐姐听到了这话，背书声戛然而止，一走神儿，菜刀将手指头砍了一道血口子，却顾不上疼痛，焦急地望着母亲，喊："妈……"母亲看了一眼姐姐，摇摇头说："妮子读书这么用功，咋忍心不让她念呢。"从此，姐姐更加勤奋更加用心地读书了。

早上，姐姐和母亲一齐起床，母亲去挣工分，姐姐就收拾屋子，做饭喂猪，给小弟小妹穿衣服；晚上，母亲坐在油灯旁纺棉线，忙完一套家务的姐姐就趴在油灯下写作业、背书，还给母亲讲课文里的故事。

因为劳力少，家里的口粮越来越少，锅里的粥也越煮越稀了。为了给父亲治病，家里欠下了一大笔债。这时，七岁的我也开始上学了。

舅舅见我家的境况如此凄凉，将母亲数落了一顿："为啥还不让大妮子回来挣工分？"

"手背手掌都是肉，我咋舍得？"母亲红着眼睛说。

"女娃终究是别家的人，读书有什么用？"

母亲望了一眼姐姐，哭了；姐姐也哭了。但十五岁的姐姐已经懂事了，她知道一切已无可挽回，就强作笑脸对母亲说："妈，我回来吧，迟早要回来的……"刚说完，她就扑在母亲的怀里放声痛哭。

哭过后，姐姐将书包收了起来，开始上工去了。第一次上工前，姐姐将她写剩的作业本塞进了我的书包，叮嘱说："弟，替姐争口气。"然后将我送上路。以后，每次放学，姐姐问我的第一句话就是："弟，今天的课文又讲到哪一节了？"接着就逼我去写作业。

晚上检查完我的作业后，姐姐一边纳鞋底，一边背《农夫和蛇》，那是她学的最后一篇课文。"从前，有一个农夫，在路上看见一条被冻僵了的蛇……"母亲听了，难过地说："妮子，别背了。你一背书，妈的心里就不好受。"姐姐就躲着母亲背。有一次，姐姐正在背书，被母亲撞见了，母亲"呜"地哭了。姐姐见状连忙说："妈，我是瞎背的，背书没有一点意思。那位农夫真傻，那条蛇真狠毒……真的，我以后再也不背了。"母亲却哭得更凶了："妮子，别说了，你越说娘心里越难过……"母女俩又抱头痛哭了一场。

哭过之后，姐姐狠狠心将书烧了。从此，再也听不到姐姐的背书声了……

一晃十年过去了，这时姐姐已是一个三岁女孩的母亲。姐姐虽然才二十六七岁，却被太阳晒得满脸黝黑，被体力劳动磨炼得粗手大脚。姐姐虽然文化有限，但一直关注着我的学习成绩，为我的每一次高分而骄傲，也为我的偶尔落后而着急。这一年，高考早已恢复，我有幸考上了一所师范大学。全家人高高兴兴地为我庆祝了一番。姐姐比谁都高兴。她用她家最好吃的东西招待我，还给我赶制了棉鞋和棉袄。我家离车站比较远，上路那天，全家人一起送我。但不久，姐姐便接过行李，对其他人说："你们都回去吧，我一个人送弟一程。"

姐姐背着行李，轻轻快快地行走在窄窄的山路上，似乎又回到了背着书包、领着小弟小妹上学的童年。

走着走着，姐姐突然问我："弟，你还记得《农夫和蛇》的课文吗？"

我说："那是多少年前的事，我早忘了。"

"我还记得。"姐姐说。接着又用十年前那种背书的节奏，给我一字不漏地背了一遍。

"姐，你的记性真好。"我由衷地赞叹道。

"我有空就背，一年总要背上几遍。"姐姐说。

"姐!"我想起了往事，便低下头，"本来，你也能上很多的学。"

"别说了。"姐姐异样地笑了笑，眼睛闪过一道莹光，"弟，我有一个要求，你答应不？"

"答应，答应，你快说。"

"姐这辈子没什么文化，等将来你外甥女长大了，你好好帮她一把，让她也考上大学，好吗？"

"一定一定……"我发誓说。

车徐徐开走了，姐姐还呆呆地站在那里望着我。姐姐的身影在我的眼前越来越模糊，突然幻化成一个十几岁的小姑娘，一边背着书包一边背着课文……我的眼前顿时朦胧一片。

野 菊 花

我在学校好管闲事、助人为乐，同学送我外号叫"老管"，但有时也因此和他们发生冲突。

那是一个九月天，老师让我们到河边去拉沙子。已完成任务的我发现同班的一个瘦小的女同学琼娥还在吃力地拉着沙车，脸上汗涔涔的，便飞快跑过去，帮她把车子推上了土坡。不想这个举动被几个同学发现了，立即有男生发现新大陆似的叫喊道："嗨，大家来看啦，特大新闻。""一男一女你推我拉，好不亲热。""老管跟女生勾上啦！"

一个难堪的场面就这样产生了。我正要开口骂他们，不料更难堪的事情接踵而至——脸色通红的琼娥大哭起来，指着我骂道："你给我走！不要你推你偏推，不要脸！"骂完，又朝我脸上猛啐一口。

见此情景，男生们突然静了下来，转眼又把矛头全指向我：

"哦，老管勾女生没勾上！"

"哦，老管被女生骂了！"

"哦，原来如此……"

我气得捏紧拳头，拔腿就追。他们平时都知道我的厉害，呼啦一下都跑散了。

站在河边的一棵大树旁边，我满肚子委屈和愤懑！这世界是怎么啦？做好事不落好报！这时，太阳越发毒了，天是火辣辣的天，地是火辣辣的地，人似乎也是毒辣辣的人……滚蛋吧，太阳！滚蛋吧，地球！滚蛋吧，所有的人！滚蛋吧，一切的一切！我恨一切的一切，都去他妈的！

随着"嗨"的一声，一只拳头重重地砸在大树上，眼泪也跟着冒了出来。

没想到，琼娥这时突然朝我走来。我一扭头不理她，可她却先开口了："老管，你帮了我，谢谢你。"

"谢谢我？那你为什么还骂我？"我冲她吼道。

"学校的风气你不知道呀？万一他们宣扬出去，我一辈子也难抬头。爹知道了打也打死我了。"

我松了口气。她说的何尝不是实情。咱这个乡下中学不知何时刮来一种坏风气：男女同学不能单独在一起说话办事，哪怕是正常的交往也不行，否则硬往"恋爱"上拉。有一位初三的女生就因为送了一块烧红薯给一位未吃早饭的男生吃，被说成是"搞对象"，被父亲知道了，挨了一顿打，还不让她上学。我最讨厌这种风气了，可我又不能讲道理，一讲大家就取笑我有不轨之心，更不用说帮助女生了。有一次修建学校篮球场，因为帮女同学推走了一块大石头，我被男生们"揪"住不放，至今还在耻笑我呢。

"老管，你为什么总是替我们说话，偷偷帮助女生？"

"不为什么！就因为你们劲头小，男生应该帮一把；有时候女生也可以帮男生嘛。"

"可是，你这样做适得其反。你今后可别再帮助我们了，听见啦？"

我低下头，无话可说。这时琼娥弯下腰，将路边的一丛野菊花掐起来，认真地理好，取掉手腕上的皮筋扎住，"嗯"的一声双手送到我的怀里。"我代表全体女生，深深地感谢你！"望着微笑的琼娥，我也笑了。

"你喜欢菊花吗？"她盯着我的眼睛问。

"喜欢。"

"香吗？"

我闻了闻，说："奇怪，从前闻不觉得香；今日闻，却香了。"

"嘻嘻，坏心眼儿。"琼娥开心地笑了，我也憨憨地笑着。

这时，左边路口上突然出现了两个男生。琼娥惊慌失措，迅速变换一种腔调骂我道："老管，你少来这一套。你今后再找我说话，我就去告你！"还没说完，就跑没影儿了。

两位男生原是我的铁哥们儿，他们凑到我跟前，极神秘地替我惋惜道："这女生太不识抬举！"

"这花是你献给她的，可她不要，是不是？"

我低下头，许久才嗫嗫地说："是的。"同时眼泪也下来了……

橡 子 豆 腐

　　童年时，正是大集体年代。母亲有病，一直卧床不起，几张嘴全靠父亲的一双手去填，日子是可想而知的。一年到头，天天青菜稀粥，喝得满屋比赛响。万一来了客人，就将就着花生、黄豆、时菜打发，想吃肉、闻豆腐，等过年吧。

　　一日，是个秋黄天，六岁的我玩罢归屋，忽闻厨房里飘出一股异味，使劲一闻，满鼻子生香。顺着香气进了厨房，掀开灶上的盖碗，原来里面盛着两块豆腐，顿时眼睛放亮，哈喇子哗啦便淌。使手抠出一块填进嘴里，来不及细嚼便顺喉而下。此时，懵懂的我，不知道一向少有赶集的父亲何以突然买了常年不曾谋面的"高档"食品，也不知道这种偷吃行为会带来什么后果，只感觉一旦食欲被豆腐撩动，那手便控制不住，三下五除二，其中的一块不一会儿就被我狼吞虎咽造光了。

　　不料父亲悄然进屋，一下子将我的所作所为尽收眼底，顿时那张乌脸便变了样儿，也不言声，顺手摸根细棍子，咬着牙，劈头便抽，那惊天动地的嘶嚎声立马从我还没咽完豆腐的嗓子眼里飞出来。

　　哭声惊动了已分开单过的七十八岁的爷爷。爷爷扶着拐杖，跌跌撞撞地跑进来，见此情景，颤颤巍巍地吼一声："不许打！"然后一头朝父亲怀里撞去。

　　父亲始料不及，后退几步，却还不服气，指着盖碗说："你还护着他，你瞧，那是待先生的豆腐呀。先生来给他娘看病，亏待了人家，能开真方吗？我怎么养了这么个好吃的祸害啊！"说着，委屈的眼泪就流到了那张气歪了的嘴上。爷爷见状，气便消了一大半，道："孩子虽然不对，但他不懂事。你没有把东西藏紧实，也有责任。"转身又瞅着满脸泪痕的我，将我拉回他的小屋，手不住地摩挲着我的被抽得发烫的头皮，一边重重地叹着气……

第二天，爷爷"失踪"了，爷爷的门上了锁。没有任何人知道爷爷的去向。父亲猜测，莫不是到山里头的大姑姑家去了？

几天后，爷爷终于一瘸一拐地回来了，手和脸上挂满了被蒺藜狗子"咬"破的痕迹。这时天已晚了，爷爷扶着拐杖，手里挎着一只篮子，累得满头大汗，但脸上却抖动着笑，说："我到山里头打了几天橡子，换了几斤橡子豆腐。唉，那山里头家家户户都在打橡子豆腐呢。"我跑过去掀开爷爷的篮子，望着那几块猪血一样的橡子豆腐，问："爷，橡子豆腐好吃吗？"爷爷说："好吃好吃，是爷爷专门给你弄的呢，你尝尝。"爷爷掰了一小块塞进我嘴里，问："啥味？"我连着口水一起吞下去，却尝出了满嘴的苦涩，不由得伸出舌头。爷爷哈哈大笑，道："橡子豆腐要脱涩才好吃呢。赶明日，爷给你好好涮一涮，你不是爱吃豆腐吗？就让你吃个够。"

当天晚上，我就幸福地睡在爷爷的床上，并且做了一个梦：爷爷正把一块块香喷喷的橡子豆腐往我碗里送呢。

次日天明，我被爷爷的一声怪叫惊醒。原来，爷爷干完生产队的早活回来，发现放在盆里的橡子豆腐不见了，不由得大吼了一声。这时父亲进来，打着笑脸说："爹，早上你不在，我将橡子豆腐送到集上卖了，好卖呢。"爷爷一听，脸刷地变了色，花白的山羊胡子骤然竖了起来，转身就去摸拐杖。父亲吓了一跳，不想爷爷会生这么大的气，连忙跪在地上哀求道："爹，您听我说，卖的钱都抓了药。先生开的药方，好几天没钱去抓呀。我没办法，您总不能看着孩子他娘病死吧。"

爷爷盯着跪在地上已经五十多岁的儿子，慢慢地放下了那高高举起的拐杖，没有说话，良久，牛也似的唔叹一声，混浊的老泪大滴大滴地落下来。

我从床上爬起来，一把搂住爷爷，一边摇一边说："爷，你莫哭，我不吃橡子豆腐；爷，橡子豆腐一点也不好吃。"

爷爷紧紧地搂住了我，手不停地抚摸着我的头顶，嘴里止不住地呜咽着。那颤颤的手掌在我的头上轻弹着一股股热流，传送到我的心间，幼小的我，眼前竟也模糊起来……

——唉，我那早已辞世了的敬爱的老祖父啊！

妈妈的眼泪像河流

那年是大灾荒之后的一个难得的风调雨顺的好年景，田野上绿油油的庄稼荡漾着希望的绿涛。而在这之前，却是连年的干旱，庄稼在白花花的太阳下一片枯黄，收成寥寥无几，劳累一年的农民们除了流汗还流泪，野蒿和山猪菜都吃光了，米汤熬榆树叶是最好的午餐。

不幸的小弟就是在这个不该出世的年头出世了。小弟长到四五岁了，还不知奶水是甜的还是酸的，小弟一出世就与米汤结下了深缘，所以人长得大脑袋、小个子，说话像个小鸭公，活脱脱一个"小萝卜头"。也许是严重营养不良吧，小弟偏爱吃蛋白质含量高的食物。那时，吃鸡蛋是不可能的，所以最能满足小弟食欲的是晚秋种下的最易生长的那种弯豆。

由于严重的干旱，农民们都忙于主要粮食作物——水稻的抗旱，对其他的作物一概听天由命。好在妈妈在自留地里种了一块弯豆，每天从三四里远的小河沟里挑水浇灌，弯豆才得以存活，在每年的春夏之交最缺粮的时候派上用场。

那真是一个意想不到的好年景，南风一吹，春雨就淅淅沥沥地飘洒下来，把生产队的弯豆园滋润得豆苗青青、丰收在望，把庄户人紫黑色的脸庞也滋润得红扑扑的，是充满希望的喜色。为了防备有人偷豆，生产队派人日夜守护着。

可惜的是，由于上年没有留种，妈妈没能在自留地上种上弯豆。五岁的小弟每天都站在生产队的弯豆园里呆望良久，把手指塞进嘴里，任口水哗哗地淌下来。然后小弟找到妈妈，小鸭叫似的说："妈妈，我要吃豆。"

看着小弟枯瘦蜡黄的小脸蛋，妈妈的心要碎了。于是，妈妈便做了一件令她一生后悔的蠢事：偷摘生产队的弯豆。

为了实行自己的计划，妈妈在晚上哄小弟睡着之后，就笨拙地出发了，她知道有人看守，就蹲在弯豆园不远处的臭水沟里寻找机会。看青的人在豆园四周走来走去，直到天快亮时才坐下来打盹。一夜未合眼的妈妈便趁这个空当下了手。

可是，当妈妈刚把自己的两只衣袋装满，便撞上了来"换防"的人，于是妈妈顷刻间便成了人人皆知的"偷豆贼"。队长忍无可忍，天一亮就开批斗会。妈妈被押到台中央站着，腰弯得像龙虾。一些群众也气愤不已，那可是大灾之后全生产队二百来号人口的救命粮啊，于是纷纷站起来发言，痛斥妈妈是个"黑心贼"。无地自容的妈妈恨不能钻进老鼠洞。末了，妈妈还被扣除了一百多个工日的全部工分。

那年头，"贼"是非常丑恶的名声。妈妈偷豆不成赔进老本，无脸见人，每天干活都离大家远远的，低下头不与任何人说话。

分弯豆那天，盼望已久的妈妈提着布袋，低眉顺眼地跟人去了，却没有分到她希望的那样多。这年的弯豆是按人头和工分相结合来分配的，妈妈因为没有工分了，只分得人头数，数量很少很少，妈妈一言未发，默默无声地离开走了。

妈妈把弯豆拎回家，先给小弟煮了一碗。小弟像个小馋猪，一个不落的全吃光了，末了伸出小手还要吃。妈妈的眼泪就下来了。

妈妈认定是她的过错铸成了这个本不该让小儿子挨饿的结局，这个过错难以原谅。晚上，大人们都到生产队的仓库里开会去了，妈妈没去，而是搂着小弟哭了一回又一回。妈妈在酝酿着自己的计划，这个计划令小弟长大后一提起就心碎：妈妈想用死来省下弯豆留给小弟……

哭过了，妈妈就把白天分得的弯豆分成七份，家里的人每人一份，用小袋子分别装好。妈妈把两份绑在一起，对小弟说：

"乖，明日告诉你爹，妈妈和乖的豆在一起，都给乖吃。记住没？"

"嗯。"小弟说。

妈妈把小弟抱起来，眼泪又吧嗒吧嗒地掉下来，哽咽地说："乖，有妈妈的一份，你就够吃了，就能熬到秋后。今年年景好，秋后红薯接上了，就又有吃的了，就饿不死乖。"

妈妈清清嗓子，又叮咛说："乖，过了年，你就六岁了。六岁的孩子就能自个儿顾自个儿了。你哥你姐六岁就放牛，你过了年也放牛。"

小弟没有反应，小弟含着妈妈干瘪的奶头，不知不觉睡着了。妈妈又哭，在小弟的小脸蛋上亲了又亲，把浑浑的泪水滴在小弟的脸上。

妈妈把小弟放在床上，用被子盖好，说："我的乖，往后靠你自个儿了。妈妈不想死，可妈妈没脸活。妈妈活着还不如死。"说完，妈妈边流泪边往厢房里走。厢房里已挂好了绳子。

刚把绳子挂在脖子上，妈妈又松了手，又回到小弟睡的房里去了，妈妈还是舍不得小弟。妈妈亲小弟的脸，说："乖，往后要听爹的话……"哽咽得再也说不下去了。

妈妈正要往厢房里去，这时门外突然响起了狗叫声和大人们的脚步声。门被推开了，妈妈扭头一看，是队长，还有生产队的父老乡亲，一人手里捧着一把弯豆。队长笑呵呵地说："乖他妈，刚才大家伙儿商量了，你今年并没有少干，咋能少你的豆子？那天斗你是在气头上。眼看今年是个好年景，快来接豆……"

妈妈感到太意外了，妈妈张大嘴巴一句话也说不出。这时，小弟醒了，哇哇地叫着妈妈。妈妈便扑过去，放声痛哭，说："乖，咱有豆吃了；乖，妈妈不死了，真的不死啊……"

那一刻，妈妈的眼泪就真像小河一样流淌着……

至 爱 无 言

敏强打笑脸对爹说："爹，强寄钱来了，一千块。"

爹蹙紧的眉头闪了一下，道："他从哪里弄来的钱？"

敏说："人家去打工挣来的嘛。"

爹哼了一声，没再说什么……

敏谈男朋友了，就是三十里外的强。敏爱强，死心塌地地爱，可爹偏偏让她嫁给富。富是本村的专业户，专门倒卖山货，发了财，穿的是名牌服装，骑的是名牌摩托车，家里电器齐全。而强没有，一无所有。所以爹就让敏嫁给富。可敏就是不愿嫁富。爹火了，骂敏："你是吃了糊涂油蒙住了心吧，有钱的不嫁，偏要嫁没钱的。"就抡扁担打敏。敏不躲不闪，咬着牙忍着。等爹打够了，就哭着哀求："爹，强刚到南边去打工，将来总会有钱的。"爹说："除非他一个月寄给我一千块钱，一直寄三年；要不，你死也是富的人。"敏想了想，说："爹，那我就让他依你，但你得把富的彩礼退了。"爹不理，心里说：他靠打工，一个月能挣多少钱？

可没想到这小子真就寄来了一千块。

过了一个月，敏又告诉爹："这个月的钱又寄来了，还是一千块。"

这次爹有点不相信，说："我看看。"

爹拿起汇款单瞅了瞅，爹虽然不识字，但他见过邻居家的汇款单，跟这张一模一样。爹冷笑道："三年还早呢……"爹不相信强会月月寄，他心里另有打算。

敏就给强去信：强，好好干呀！什么事我都替你担待着，为了我们的爱情，你一定要干出名堂，争取一年比一年强。强回信说：你放心吧，敏；我干不好，誓不为人。

就这样，敏每个月都能收到强的一千块钱的汇款单，一直寄了两年。

一天，爹对敏说："敏，把强寄来的钱都取出来，给你弟盖新房子。"

敏一愣，继而笑着对爹说："爹，真不巧，我正要给你讲存款的事。强刚才来信说，他在南边打了两年工，觉得不如自己单干好。他想开个美发厅，开成了每月能挣一万多，但需要一笔资金。我打算把钱寄过去资助他。"

"你是不是在哄我？"爹警惕起来。

"要不你看看信。"说着，就要去拿信。

爹说："我不看信，我要看存折。"

敏翻箱倒柜到处找存折，告诉爹一时忘记放在哪里了。爹大怒，说你连你爹都要哄！抢起扁担就打敏。敏还是不躲不闪，咬着牙忍着。爹打累了，就骂："天黑之前不拿出存折，你明天就是富的人了。"说完，就要去找富。

敏拦住爹，说："爹，你也要等我把存折找回来才能做决定啊。"

敏还真就弄了个存折，但爹不认识上面的字，只认得这是真存折。爹说："我不管那小子开不开美发厅，我要盖房子。"

"先取四千，好吗？"敏哀求说。

敏就拿出四千块钱给爹盖房子。晚上，敏又流着眼泪给强写信：强，你无论如何也要争一口气。不然，我真的成了别人的人了……强回信说：我知道，敏！

没多久，爹又要敏取钱。敏说："给强寄过去了。"爹暴怒，说你还惦记着那个小子！我不过是让你哄哄那个傻球玩，谁知你比他还傻，到手的钱又还了人家。就将敏打了一顿。打了敏之后，爹就寻思该把敏嫁出去了，急忙去找富商量迎亲的日期。

可就在这时，富出事了……

三年后，强回来了。敏高高兴兴地将强领回家，却是一个肩膀上扛着一颗星的军人。敏给爹介绍说："这就是强。"爹吃了一惊，说："他不是在南边打工吗？怎么……"

敏指了指强肩上的星，自豪地说："爹，如果我说强当了穷兵，你更不会答应。他在部队立了几次功，又被保送上了军校，哪一点不比富强？"

爹想了想，还是不相信，说：他那四千块钱……"

敏低下头，没有吱声。爹突然发现敏她妈临死时留给敏的金项链、金戒指等首饰，已经很久不见敏戴了。

"这到底是咋回事？"爹吼道。

"爹，不瞒你说，存折和汇款单都是假的。"

爹这下子彻底明白了，就骂："原来真是你哄骗老子！老子活了六十多岁，还上你的当！"举扁担就要打敏。强急忙拦住。

敏哭着说："不哄你，我恐怕早就成了富的人。难道把我害了你才放心？"富是因为倒卖山里的禁物，被抓了起来，罚得倾家荡产。

爹又气又惭愧，看了一眼敏，又看一眼强；想骂敏，又怕强。

强把敏拉到一边，抚摸着敏手上的伤疤，动情地说："敏，你受的委屈比我想象得还多。你为什么一直瞒着我？"

敏紧紧地偎在强怀里，无语，任眼泪簌簌地流淌下来……

将军和牛郎

两个放牛郎，一个叫六子，一个叫八子。

六子八岁那年，去给地主钱百串放牛，放的是一条老黄犍。行前，爷老子叮嘱他："好好放呀，别出了事叫东家撵了。"六子记住了，成天牵着黄犍去放牧，不敢松绳。牛在后面啃草，他在前面开路，横着走。看牛吃那绿油油的山草，嚼得"叽咕"响，就眼睛亮亮地露出笑。

八子是六岁那年去的钱百串家，放一头黑牯。这水牯子两角精壮，弯弯如弓，吃草时喷出一股股热气。八子顽皮，头一天放牛就往牛身上趴，牛儿不乐意，腾空一跳，把八子摔了下来，"咚"的一声，当时就背过气了。六子看见了，慌忙把牛拴住，跑过来呼唤八子。八子醒了，却嘿嘿地挤出一脸笑。

这八子不甘心，将水牯子拴在树上，举起棍子就打牛的屁股，水牯子绕着树儿转了三圈，吓得"哞儿哞儿"叫。再骑，水牯子还是不乐意，扬起脑袋就跑，八子紧贴在牛背上，死死地抓住牛毛。翻过几道山岭，牛跑累了，才停下来，老老实实吃草，从此就许八子骑了。

宽宽的放牛坡上，时常出没着两条牛影，一黄一黑；还有两个放牛郎，一个骑着牛，一个牵着牛。

六子天天提醒八子："莫骑牛了，当心摔下来了。"可八子不听，甚至站在牛背上，拉着牛绳子，任那水牯子一起一伏地走着。有时一高兴，举起牛棍子，"叭"的一声，打得牛儿昂首奋蹄，八子依旧站在牛背上，乐得哈哈笑，六子却惊出一身冷汗。钱百串看见了，给八子一顿好揍。可八子一上山，照样骑牛。

一九三四年冬，吴焕先率领的红二十五军，奉命撤离大别山根据地，北上抗日，这日途经放牛山。六子和八子一商量，扔下牛儿，跟他们走了。队伍说他们小，不愿收，他们就悄悄跟上，甩不掉。当时，两个放牛郎，一个十四岁，一个十二岁。

走了一百多里路，脚板儿便磨起了泡，脚脖子提不起来，越掉越远，急得牛郎们哇哇哭。恰巧这时，先头部队打了一个胜仗，缴了一匹战马。头儿说："给那两个娃娃蛋子骑吧。"

马欺生，一见生人骑在背上，就腾空一跳，"咚"的一声，先把六子摔了下来，半天动弹不得。部队只好把六子交给了附近的老乡，不久老乡又把他送回了老家。

八子骑在马上，却如骑在牛上一样挥洒自如。随着"得得得"的马蹄声，小骑士一改跨式，"啊"的一声站在马背上，博得红军战士纷纷喝彩……

五十年后的一天，一个瘸腿老头，牵着牛放牧，依然横着走，看牛吃那嫩油油的山草，可那眼神却不再亮堂，木木的，流露出一种厌倦和无奈。

突然，远处传来"得得得"的马蹄声。放牛汉眯眼一看，见几个威风凛凛的军人正跨马朝他奔来，其中一个老军人翻身下马，径直走到他跟前，"叭"一声立正、敬礼，然后问：

"还记得我吗？"

"啊，是八子回来了！"两位老人紧紧握手。

他们席地而坐。将军问："怎么，你放了一辈子牛？"

放牛汉说："是啊。同样是放牛郎，你把牛放成了马，我却依然放的是牛啊。"

说时，感慨万千，泪水莹莹……

父　亲

　　父亲的身体一直很健康，自从我这个不争气的东西身负重望去读书，却戴着眼镜悄悄溜回家之后，父亲就一病不起。

　　那是十几年前的事。父亲当了一辈子村干部，两袖清风，家贫如洗，却最终还是被人顶替了。对此，父亲毫无怨言。只是几十年的劳苦奔波，虽然犯过错误，却也为村民们解决了不少实际问题，也安置了不少有文化有头脑的人才。如今却没有能力把落榜的儿子送到一个地方"人尽其才"，感到过意不去，世人也在冷眼观望。

　　母亲于是喋喋不休地说："良子读了十多年书，啥农活没做过，不让他进个单位，怎么过呀？"

　　这时父亲就低下头，讷讷地道："咋进呢？唉，我只能去试试看。"

　　父亲出门了，但我看见父亲每回都垂头丧气地回家，从不主动提这事儿。母亲追问，他就叹息："难。他们都说进不去，人满了。"

　　母亲又问道："你咋说的？"

　　"我问麻袋厂的老胡，他说厂里还得减人呢。"

　　"造纸厂的人手松，你没去？"

　　"怎么没去。那李秃子客气倒是客气，但他那里人多，我咋开口？"

　　母亲骂了一句，说李秃子过去是村支书，与当村主任的父亲谈不拢，老吵架，愤然辞了职，后来才当了造纸厂厂长，人家能不记仇吗？又说："怨也怨你空手去的。现在人求人，谁不大包小包地送礼。你现在无官一身轻，谁认你？明天你买点好烟好酒送给麻袋厂的老胡。老胡孬好是远房沾边的亲戚。听见没？"

半天，父亲才咕哝一声："咋送呢？第一回。"

第二天上午，父亲拎着一包上等烟酒走了，却又原封不动地拎回了家，哗啦一声摔在桌子上。母亲追过来问："咋啦？"

父亲哭丧着脸说："狗日的老胡正在喝酒，还有好多人。人家问我提东西干啥，我见人多，不好说，就说自己买回去待客的。"

"那老胡是个明白人，你提着东西去，他能想不到吗？"

"老胡一直闭口不说，最后问我有什么事？有事就直言。我不好意思说求他安排人，就说、就说没啥事儿。"

母亲一听来了气："呆子！你当了几十年干部，越当越没用。没吃猪肉，也没见猪走？你送礼不能黑天送？"

"你还怪我呢！"父亲也火了，"怪就怪你们不争气！我干了几十年，从没请客送礼办自己的私事，今天还不是你们逼我丢脸。良子我不管了，他爱咋过就咋过！"

父亲欲哭，转身扎进被窝里，不吃也不喝，也不理任何人。

于是父亲病了。他为了我而病！

我恨我这个不争气的东西！

经过深思熟虑之后，我来到父亲的床前，说："爹，您老莫难过。我不用您操心了，我啥厂子也不想进。我准备搞家庭养殖业。咱家穷，我一定挣钱，盖套新房子。"

父亲一下子抬起头，激动地说："真的？良子，爹下来了，无钱无势，你就当没有这个爹，全靠自个儿吧。"

我点点头："嗯。"

父亲爬起来，我看清了他的满脸皱纹和满头的白发，禁不住心中一酸。父亲从箱子里翻出一个精致的大型日记本，抖抖索索地送到我面前，说："良子，这个本子是我大前年在市里开会时领来的，原打算等你考上大学再送你，现在就送给你学科学吧。"

我伸出双手，郑重地接了下来。

这时，母亲突然从外面冲进屋，高兴地说："我在街上碰见了李秃子，他叫良子明天去造纸厂上班，还是会计呢。"

"这是真的？"父亲疑惑地问。

"是真的。李秃子说那天你一来他就知道为嘛事，只是人多不好说。"

"他不记恨我？"

"我提了。他说，过去了的事还提他干啥？造纸厂正好缺一名有文化的会计，良子最合适。"

父亲低下头，眼泪簌簌地淌下来。他为老同事加老对手的理解和宽容而感动。

"良子，你明日去吧。会计是个肥缺，听说许多厂子里当会计的都发了黑财。"母亲说。

我到底去不去呢？去了，我的家庭养殖计划就会落空的呀。这时，我低头翻开日记本，看见扉页上印着一行字：

奖给廉洁奉公的基层干部

市人民政府

我的眼光久久地停留在"廉洁奉公"几个字上，从心底里涌起一股热流，扩散到全身。我咬了咬牙，坚定地说："去，我一定去！"

最后一片野果林

我小叔土蛋是望天冲最后一个吃野果子的山民。

望天冲八山一水一分田，靠山却不能吃山，因为山上长满了刺藤树。每年秋天，刺藤树上结满野果子，又红又小，像野樱桃，吃起来又苦又涩，根本不入世人的眼。除此之外，山上什么都不长。自古以来，山民们以山上的野果子为水果和零食，野果子一红，大家都上山采摘，鲜吃，直到吃得满嘴发苦、舌头根僵硬，这才把剩下的野果子扔掉，过着再也没有水果吃的穷日子。直到后来，望天冲出了个能人叫金旺……

金旺是望天冲第一个把自留山变成花果山的山民。这小子有文化，也有见识，他率先挖掉了漫山遍野的刺藤树，栽上了板栗、银杏、木梓树，等树上开花结果了，被山外来的人抢购一空，金旺便成了望天冲的首富。他率先盖起了两层洋楼，买了一辆大卡车，家里经常摆放着苹果、橘子和梨，过着小地主一样的日子。后来，观望已久的山民们纷纷坐不住了，也学金旺挖山开地，栽板栗、银杏和木梓树，虽然收获不如金旺，却也一个接一个地发家致富了，家里吃起了从外地买来的真正水果。

然而，就在这时，望天冲突然流传着一个可怕的谣言：望天冲地脉薄，撑不起福，谁想在山上打主意，老天爷就处罚他。言之凿凿，有理有据。原来，自从山上栽种板栗、银杏和木梓树时起，望天冲突然流行一处怪病，学名叫顽固性夜盲症，一到晚上就看不见东西。这病是从金旺开始得的，然后是金旺一家人，接着富起来的山民一个接一个地得起了这个可怕的夜盲症。尽管夜盲症只是在黑暗处看不见东西，并不妨碍白天的劳动，但仍让人心悸不安。这件事终于让一个山民逮着笑柄："活该！想在穷窝子里翻身，问问你的八字够不够吧？"

这个山民不是别人，正是我的小叔土蛋。

不过，土蛋很快就发现：得不得夜盲症，与贫富没有一丁点儿关系。

土蛋好吃懒做，住在三间破旧的草房里，田里种的庄稼只够一个人吃，除了干一点儿农活，大部分时间就是睡大觉。虽然穷困潦倒，却不思进取，自甘落寞。他听说进城打工，一个月能赚好几千，便扔掉田地，一个人进城当了民工。

土蛋在打工期间依然好吃懒做，打工三年，没有攒下一分钱，却把眼睛"打"坏了——连他自己也得了夜盲症。土蛋吓坏了！他不知道自己为什么也得这种病，不是富人才得夜盲症吗？怎么自己穷得丁当响也这样呢？只好卷起铺盖，跋山涉水回到望天冲，回到自己的草屋。那时，正是秋季，自留山上的野果子红了一片。土蛋爬到山上，摘了一捧又一捧野果子解馋，直吃得嘴唇发苦、舌根僵硬，这才倒在山上睡了一觉。一觉醒来，夜盲症居然好了！土蛋这才发现，得不得夜盲症，只与吃不吃野果子有关。

土蛋获得了这条重要信息后，开始重新审视这片仅有的刺藤树，不由得惊喜万分：幸亏自己还保留着它！他不知道野果子与夜盲症之间究竟是啥关系，但这片野果子的的确确治好了自己的夜盲症！这时，土蛋又多长了个心眼儿：不能把这个秘密告诉任何人，否则山民们会来哄抢一空；再者，谁让他们把自己山上的刺藤树挖掉了呢？想发财，你就得付出点儿代价！

土蛋一边幸灾乐祸，一边破天荒整理起自己的自留山。一向懒惰的他，居然在刺藤林周围筑起了一道高墙，上面栽上蒺藜树；为了防止别人钻进林子来，土蛋还放养几条大猎犬，在山中日夜巡逻，接着，他又在山上搭了两间草房，日夜守护着。

就这样，土蛋成了望天冲最后一片野果林的守护者，自然也是望天冲唯一一个没得夜盲症的山民。每到晚上，家家户户大门紧闭，狼狗把门，山民们早早安歇，只有土蛋成了夜游神，在山村中串来串去，大声唱歌。万一谁家夜间有事，就请土蛋代劳，自然付给他双倍酬谢。土蛋一下子成了望天冲人人讨好的香饽饽。

然而，就在这一年，土蛋突然害了场重病，一天比一天严重。看来挺不过去了，土蛋想起了医院。但土蛋是望天冲唯一的贫困户，连一分钱的押金都交不起。

被逼无奈，只好抖抖索索地去找金旺借钱。如今，金旺不仅年年卖板栗、银杏和木梓，还开了个水果批发站，钱自然越赚越多。

为了借到钱，土蛋打算出卖不得夜盲症的秘密。土蛋说："金旺，你知道我为什么不得夜盲症吗？"

"我早就知道了。"金旺笑道，"我曾经去科研机关了解过，秘密就在野果子身上。我们望天冲人人体天生不能合成一种物质——牛黄酸，缺少牛黄酸人就得夜盲症，正好野果子里含有大量牛黄酸，可以补充。"

"你早就知道？"土蛋大吃一惊，"那你怎么还挖了自留山上的刺藤树呢？"

"你觉得，是贫穷好呢，还是一双好眼好呢？"金旺意味深长地说，"如果一个人天天过着穷日子，就算有一副好眼睛又有什么用呢？而且，科学家已经找到根治这种病的方法，马上就会临床应用。治眼病是可以等的，可发财致富怎么能等呢？一等就错过了机会呀。"

土蛋闻言，羞得满脸通红，无言以对，低下头陷入长久的沉思之中。不久，便离开了这个人世。

逃　票

　　很凑巧，泥鳅一挤上公交车，就捡了个座位坐下来。看着那些刚上车的和已经上车的"站"客们依然像守护神一样守护在"坐"客的身边，泥鳅就有些沾沾自喜。这时，乘务员走过来，刚上车的乘客纷纷买票，但乘务员没等泥鳅掏钱就走过去了，她把泥鳅当作早先上车的乘客，因此忽略了他。这时，泥鳅便产生了一个丑恶的念头：逃票！

　　泥鳅打定了坐白车的主意后，在座位上正襟危坐，目不斜视，时刻从乘务员那里捕捉信息，以防于己不利。他暗中观察，发现每位乘客下车时，都向乘务员出示车票，但也有例外，就是当乘客两手拎满行李时，或当乘客匆匆闯出车门时，几乎都顾不上掏票，乘务员也没有在意。这可给泥鳅提供了机会，虽然自己只携带一只小包，但到时可扮作一位"差点误了下车"的马大哈，慌慌忙忙地冲下去，一定能够闯关。泥鳅暗暗得意，盘算着如何用这节省下来的一块钱去买一斤烧饼，或几两瓜子……

　　正在这时，乘务员开始查票，从前到后挨个儿查看，乘客们纷纷把票举起来。泥鳅见状，身子一软，就像泄了气的皮球，心说：完了，不是下车才查票吗？但他很快发现，乘务员查票并不十分严格，眼睛随便扫一眼就走过去了，甚至还有人来不及打开就拉倒了。泥鳅终于看出了门道：原来乘务员查票的目的是为了催促尚未买票的乘客买票，并非最后验票。这个发现再次让泥鳅鼓起了勇气。泥鳅趴在前座的椅背上，假装睡着了，还打起了微微的鼾声。乘务员走到泥鳅身边，轻轻地推了推，喊道："师傅，醒醒，别误了下车。"但泥鳅不理，鼾声一浪高于一浪。乘务员果然没有再坚持，而是朝车后走去。

过了这一关，泥鳅如释重负。他抬起头来，揉了揉眼睛，好像大梦初醒的样子。他暗中期待着，只要车一到目的地，他就冲出去。但他忽然吃了一惊，因为他发现了一个规律：乘务员查看下车乘客的车票时，是前后门位置轮换的；也就是，这一站她在前门查票，那么下一站一定又在后门查票。泥鳅的座位离后门最近，只能从后门下车。他算了算，到下车时，乘务员刚好换到了后门。如果乘务员真的站在后门查票，自己就很难蒙混过去；如果到前门去下车——这不是更引起人的怀疑吗？想到这里，泥鳅再一次悲观起来：我怎么没有想到这一点呢？也许，这一块钱压根儿就省不下来！泥鳅身子一软，又成了一只泄了气的皮球！

"嗯，有了！"就在这时，泥鳅眼前一亮，脑子里冒出一个好主意来。"咱提前一站下车不就得了！提前一站下车，虽然多走了一站路，但却省下了一块钱，也是值得的啊。"想到这里，泥鳅再一次兴奋起来，眼前重新晃出一张烧饼、一把瓜子，好香……

到了提前下车的那一站，泥鳅定了定神，待车停稳了，门打开了，该下车的乘客全都下车了，这才站起来，打算一冲而下。然而，他勾头朝门外一望，一下子又愣住了：几个男男女女手箍袖章，正分别截在前后门口，请下车的乘客出示车票。原来这是公交公司在例行抽查乘客购票情况，恰巧选择了这一站。站牌下还挂着一幅红标语：文明乘车，诚实购票。"妈呀，好险！"泥鳅紧张得四肢发抖，重新回到座位上，心脏咚咚地跳。

"他奶奶的！"事到如今，泥鳅反而横下一条心，他咬了咬牙，暗暗发誓说："看来这一块钱我非省不可了，否则就太不划算了。"

该下车的那一站自然不下了，那就等下一站再下吧，反正都是多走一站地。车不一会儿就到站了。门开了，泥鳅勾头朝门外望去，没有任何情况，便突然站起来，匆匆忙忙奔下去，一路小跑。

"师傅！师傅！"乘务员朝他的背影大声喊道。

泥鳅知道在喊他，但他装作没听见。他提醒自己：千万别回头，一回头就前功尽弃了。

"师傅，你的包。"乘务员加大了音量。

泥鳅紧急刹车，站住了。他想起来了：匆忙中，把包留在座位上了。"我怎么搞的！"泥鳅脸红起来，只得跑回去，接过乘务员递来的包。

"谢谢！谢谢！"泥鳅一个劲儿鞠躬，却不敢正视任何人。

"师傅，你有票吗？"乘务员突然问。

就听脑子里嗡的一声，泥鳅差点没站稳。"完了！完了！"但泥鳅反应快，马上做出恍然大悟的样子，讪笑道："哎呀，不好意思；我一路打瞌睡，忘了！真忘了！"

"没关系，补一张就是了。"乘务员不冷不热地说。

"那是！那是！"泥鳅从兜里掏出一块钱递过去，"我补！我补！"

乘务员问了问他上车的地方，一算，刚好超过一站地，须再加一块钱，共两块。泥鳅一听，笑便僵在脸上，他找不出任何拒绝的理由，只好再掏出一块钱。

"师傅，下雨了，你快走吧。"乘务员撕了票，特意嘱咐了一句。

泥鳅这才感到，天上早已下起了毛毛细雨，很稠，头发已经被淋湿了。"妈的！"他抹了一下头发，恶狠狠地骂了一句，也不知道是骂老天爷，还是骂自己。然后撅着嘴巴，深一脚浅一脚地朝回走去。

香 炉

  卫家湾的卫火贵年老体衰时，在传香炉的大事上竟犹豫起来了。卫家香炉，极"古色"，祖传，铜质，已经传接十几代了。这香炉传给哪位后人，这位后人就是一家之主，肩负着给先人烧香供位的大任，要不咋叫"传宗接代"？所以十分慎重。按理讲，香炉都应传给长子，可卫家的两个儿子，老大叫大头，不是亲生子，毕竟缺乏血缘嘛，有心传给老二二把儿，又怕世人风言风语。老卫无法，便治了一桌酒席，请村中德高望重的老字辈们聚集一堂，征求大家的意见。

  谁知，大家听了卫火贵的意思，皱眉头，捋胡须，竟然低头不语。其中一个老头儿笑眯眯地说："这样吧，把大头和二把儿叫回家，让大家鉴定一下。"

  两个儿子回家，一个蓬头赤脚，身上汗淋淋的，一个叼着烟卷儿，走路像跳舞。卫火贵问："你们干啥去了？还不给几位老伯见礼。"大头便给大家一一鞠躬施礼，二把儿却嘿嘿地乐。

  "大头，你忙啥了，累一身汗？"卫火贵问。

  "犁东边的山地。"大头说，"牛昨天干了一天活，今天有点吃不下，像蚂蚁爬。我怕犁不完，便把牛卸下来，抛到山上吃草，自己用锄头挖。"

  "咋不用棍子打？牛是惯得的吗！"

  "打了两鞭子，它还是那样。我怕打伤了它，就、就……"

  二把儿忍不住"扑哧"一声笑出来。

  "你笑啥？"卫火贵问。

"我笑我哥，啥出息！我早上犁西边的山地，他妈的黑牤子比人还奸，以为我是生手，好欺负，在地里乱跑。我说：让你跑！把犁尾巴往上一提，犁尖就斜插进地里，它越跑，我越提，黑牤子累得呼哧大喘，老老实实听话，再也不敢乱跑了。"

卫火贵骂："亏你做得出来！"

两个儿子一走，老客们就议论开了。老客们都是庄稼手儿，知道牛对于庄稼人的分量，哪能容忍二把儿这样糟蹋牛？一个老者说："卫大哥，恕我直言，这二把儿做事阴险狠毒，如果成为未来的当家人，恐怕……"说着，闭目摇头。

其他老客也纷纷进言："二把儿傲气十足，对客人毫无礼节，将来……"

"老卫家自古以来可是忠厚之家啊。"

接着，老客们都看好大头："虽然大头不是亲生，但是你一手养大，理应也是卫家传人嘛。"

"大头不仅待人有礼貌，而且做事身正心善，乃忠厚本性。"

"是啊，古人言：忠厚传家久，诗文济世长啊。"

卫火贵思忖良久，只好采纳了大家的意见。

在一个精心挑选的日子，卫火贵隆重举行仪式，正式把铜香炉传给大儿子大头。大头长跪不起，一脸虔诚。二把儿却愤然离家出走……

十年后，在卫火贵三年大祭的日子，一大早，一个满头乱发，身着破衣的中年人，手捧铜香炉来到卫火贵的坟前，扑地号啕。

他是大头。大头拜接香炉、成为一家之主后，赶上了改革年代。他试着做茶叶买卖，结果把肥猪壮牛都赔进去了；跟人去建筑队打工，人家嫌他呆笨，辞了他；给人打石头、挑河沙，又被人骗了好几回。自叹不是挣钱的料，只好老老实实种地，勉强糊口，如今仍然孤身一人。"爹呀！我辜负了您的期望，我断了祖宗的香火，我是大逆不孝啊！"

正在这时，身后站着一个人，像狼嗥一样哈哈大笑起来，把大头吓了一跳！原来是二把儿不知什么时候回来了，左手拉着儿子，是第一任老婆生的；右手扯着闺女，是第二任老婆生的，身后又站着年轻可人的第三任老婆。二把儿笑罢，也不跪，阴阳怪气地说道："爹！当年你看不起的二把儿回来给你祭灵了。"

大头急忙面向二把儿，把香炉举过头顶："我不配，兄弟你接了吧。"

二把儿理也不理，朝身后一挥手，只见几个大汉抬着一只镀金特制大香炉飞跑过来。一个人率先跑上来，躬身道："卫总，抬过来了。"

"快点，给我装在老爷子的坟前。"又对大头说："从此以后你天天住在这里给我守墓，我管你吃喝。哼，你也只配干这个。"

大头眨巴眼睛，一愣一愣的，不敢开口。

老咸菜的悲喜剧

玄武苦水里熬黄连，终于熬出头了。大学毕业后就到农业局下属的科研所里混差事，日子过得紧紧巴巴的，八年后时来运转，被县长看中，提拔为农业局局长。风华正茂就官星高照，前程似锦，人前马后好不得意。

玄武的妻子朱雀却黯然神伤。朱雀至今还算乡下人，是因为漂亮才被玄武娶过来的，虽然住在科研所里，却没有正式工作，以侍奉男人为主。玄武当了官，公瑾当年，自己却色淡香退，预测前景不妙。她的担心不是没有道理的，远的不说，小小不起眼的科研所里的几任所长，哪一个没有换过老婆？何况那些女人个个比自己出色。如今玄武做了管所长的官，散席是迟早的事了。朱雀深思远虑，认为自己最好主动提出离婚，这样还能保存面子，不会给人留下被抛弃的印象。主意一定，她就写好离婚协议，扔在桌子上，自己收拾东西回到了乡下。

对此，玄武却大有顾虑。他认为自己初涉官场就离婚，虽然是妻子挂冠而去，但在别人看来，难免有世美之嫌，对自己大大不利。于是他暂不同意离婚，打电话回去好说歹劝，也不见成效。

一天，县长对玄武说："明天你陪我视察农业，中午也别打搅人家，就去你家吃点便饭如何？"

玄武闻言喜出望外，连忙说道："父母官光临寒窑，荣幸之至！但是有言在先，我家山珍海味没有，只有土特产。"

"还有土特产？"县长不解。

"就是咸豇豆。"

"好哇！大鱼大肉早吃腻了，正想尝尝老咸菜。你的咸豇豆哪来的？"

"我妻子朱雀腌制的。"

"哦，我想起来了，你妻子是乡下来的，乡下人最会腌咸菜了。好，就这么定了。"

玄武就悄悄给妻子打电话，告诉她县长大人要来吃饭，要她回去准备。

朱雀说："饭店不有的是吗？"

玄武说："县长点名要吃你做的咸豇豆呢。"

朱雀想：县长点了名，这就非同小可了；为了玄武的前程，这顿饭还得做。

朱雀便赶回科研所家中，把缸里的咸豇豆全捞出来，做了桌丰盛的咸菜饭，有咸豇豆拌鸡蛋饼、咸豇豆炒小干鱼、咸豇豆煎臭豆腐、咸豇豆拌生萝卜丝，等等，主食是咸豇豆焖米饭。县长一坐下来就食欲大开，为腾开胃口，连酒水也不喝，一连吃了三大海碗饭，吃得满嘴搅口水，赞不绝口，临走还说：

"朱雀呀，还有没有咸豇豆？让我带点回去。"

朱雀不好意思地说："今天没有了。我马上腌制，腌好了我送到你家里去。"

"好好，可别让我等得太久了哇！"

县长吃得高兴，玄武也高兴。玄武便对朱雀说："怎么样？县长看上了你的咸豇豆，你的身价不低嘛，可别再走哇。"

朱雀便也高兴，说："好，这婚暂时不离了。"

朱雀在县长面前实现了自己的价值，信心大增，立即着手腌制咸豇豆，并保证常年不断。隔个十天半月，朱雀就往县长家里送咸豇豆。县长夫人每次都亲自接待，拉着朱雀的手问长问短，临走时还要从冰箱里掏出冰鱼冻虾回报朱雀。

两家关系处得相当融洽。

几年后的一天，县长找玄武谈话，说马上要换届了，自己要擢升县委书记，叫玄武不要再当农业局长，到寨子沟乡去当书记，锻炼锻炼几年后再提拔到县委里来。

玄武听后，脑子一阵晕眩。他深知有好几个县委头面人物都是从小职位下到偏远乡镇去锻炼后，再提上来的。不用说，自己也成了培养对象！于是他对县长的安排俯首贴耳，不再当局长，而是回家候任寨子沟党委书记。

踌躇满志的玄武一到家，便对妻子朱雀有了新看法。是啊，自己官运亨通，年轻有为，也许将来还要跨市进省的，成了领导人物。到时身边老跟着一个乡下老婆，要气质没气质，要水平没水平，实在美中不足。如果说过去不离婚是权宜之计，那么现在正是好时候。自己到了寨子沟任职，然后再回到县里，等于转了个弯，时过境迁，谁还计较我离婚之事？于是，就故意沉起了脸。

朱雀问："你今天怎么啦？"

玄武没好气地说："还问呢！现在好，官没啦。"

"为什么？"朱雀大吃一惊。

"为什么，还不是因为你。你想，别人都往县长书记那里送钱送物，你倒好，专送咸豇豆。人家能不炒我吗？"

"可县长非常高兴呀！"朱雀更不解了。

"真是妇人之见。人家说高兴就高兴啦？"

"那你今后怎么办？"

"怎么办！如果你还想我东山再起的话，咱俩就离婚吧。"

朱雀一听，眼泪"吧嗒吧嗒"地往下掉。她想：离婚有什么，自己早有思想准备。但现在不能离，玄武正在难中，要离也要等他东山再起了再离。

当天晚上，朱雀瞒着玄武，当了自己的结婚项链，买了一瓶洋酒送到县长家里。她希望把错误揽到自己身上，再给县长赔个不是，以此减轻玄武的责任。

县长正好在家。县长见状奇怪地问："朱雀，你今天怎么送这么高档的东西呀？"

朱雀毕恭毕敬地说："县长，您笑话我呢，这算啥！过去送咸豇豆是我的不对，千错万错全怪我这个乡下人……"

"咦，谁说你送咸豇豆不对啦？"县长说，"我就喜欢吃这东西嘛。"

"可为什么……"

朱雀便把玄武"丢官"的事前前后后都说了。

县长听罢，全明白了。他气得直播桌子，恨恨地说："好小子，算我看走了眼！还没上任他就无中生有造谣言，好像我是个大贪官，将来翅膀硬了，还不知道干些什么呢。"

县长一生气，玄武就一直候在家里，到现在还是一名科研员。

推　销

　　张总的公司与许多要害部门有着千丝万缕的联系，这就要求有一位称职的公关小姐胜任某些工作。张总高薪招聘了不少女孩，试用之后均不满意。要么小家子气，要么缺乏耐心，要么脸皮太薄，要么语言能力不尽如人意……

　　为此，张总很是苦闷一阵子。

　　这天，张总正在家里休息。突然听见门外响起了敲门声，轻轻地，锲而不舍，张总就明白是什么人来了，但又不能不去打发人家走，否则这响声会持续到永远。

　　于是他板着脸拉开门，严厉地说："请走吧。我什么东西都不需要。"

　　这是一位被太阳晒得皮肤发黑的年轻女推销员，样子很精明。她冲张总笑道："开门七件事，柴米油盐酱醋茶。先生怎么说什么东西也不需要呢？反正已经打搅您了，不妨再耽误您一点时间？"

　　"你是推销什么的？"张总只好问道。

　　"先生，"推销员看一眼张总嘴边的胡子，"首先我要免费送您一只精致的电动剃须刀。"

　　"不要钱是吗？好的，先谢谢啦。"张总知道她在打迂回战，便将计就计地接过推销者的剃须刀，扭头欲走。

　　"嘻嘻，先生您误会了。是这样的，剃须刀当然免费赠送，您看，这是一包新潮女式筒袜，您必须首先买一包。"

　　"哦，原来并不是白送呀。"张总假装明白了，"可我是一位男士，不可能穿女式筒袜吧。"

"您可以给妻子买呀。"

"天，她都四十多了……"

"还有您的小情人呀。像您这么英俊潇洒的先生，事业发达，不可能没有自己的情人吧。"

张总脸一沉："不许胡说！我的老婆正在家里，要是她听见了……"

"啊，对不起。不过这恰恰说明您很优秀嘛。您的夫人肯定能够理解并为您高兴的喽。先生，一个女孩站在这里费了半天唾沫，您总得赏点脸吧。至少，让我进去喝口水？"

让你进去？恐怕你不达到目的是不会罢休的！张总想。便吓唬道："不行，我不能让你进去。请你赶快离开这里，不然我可报警啦。"

"这怎么会值得报警呢？先生，您有钱有势，生活富裕，一定有个漂亮的妻子和可爱的孩子，多么让人羡慕呀。不像我们，辛辛苦苦还遭白眼，比如您，不是正在驱赶我吗？"

张总实在无计可施，想关门吧，女孩正靠在门上。只好换句软话欺骗她："不是已经告诉你了吗？我什么也不缺，什么也不要。再说，我下岗了，没有这个闲钱。"

"噢，您下岗了？这说明您的家庭条件不太好。既然不好，肯定会缺少什么的，比如，降价的日常品和廉价处理品，本公司应有尽有。想想看，到底缺什么，我明天送过来。"

张总气得忍无可忍，吼道："除非你给我找个能公关的小姐，什么都不缺。这回你听清了吗？"

"噢，这说明您还是有钱嘛。"

张总不再饶舌，强行把她拉到一边，随即将门关上。

张总回到沙发上，回忆刚才的经历，不由得苦笑起来。这女孩，脸皮厚得实在可以，不过倒也能说会道，颇有心计……张总突然将大腿一拍，心头豁然一亮。对呀！何不聘她当我的公关小姐？像她这样敢说敢干的女孩，实不多见，长得也不太差，一定能胜任的。

想到这里，张总不由得哈哈大笑。真是得来全不费工夫啊！

他相信这个女孩还会来的，她的工作不容许她放弃任何机会。一旦被我聘用了，岂不比当推销员强百倍？于是张总提笔拟写聘书……

次日，这位女孩果然又敲门进来了。"先生您好，又打搅您了。不过我今日可不是来搞推销的，您尽管放心。说实话，我敲了无数家门，还没遇到过您这样心硬如铁的家伙。是这样的，您不是下岗了吗？昨天我把您的表现向公司老总汇报了，老总已同意高薪聘您担任本公司的门岗负责人。喏，这是聘书……"

张总目瞪口呆，窘得一句话也说不出来了。

你花钱我请客

　　同事阿猫，白脸蛋、细嗓门、一副憨态，却是一个铁公鸡闯天下——一毛不拔的主儿，人称波斯猫。波斯猫和同乡澳洲狗和北非狼相好，隔个十天半个月，三人相约酒吧，轮番做东，其一高谈阔论，其二改善生活。头几次，大家都遵守承诺，主动请客，积极买单。后来，这波斯猫就眨巴起了小眼睛，客倒是请了，买单却玩起了小聪明。

　　比如：大家吃得高兴，正准备乘兴而归，波斯猫一拍脑门，"哎呀"一声做惊愕状，道："不好，我忘了带钱啦，搜遍全身也就是今天给各位买香烟抽剩下的十块钱。怎么办？"澳洲狗和北非狼均是侠肝义胆之辈，在这种场合岂能装熊？纷纷说："我买单我买单。"结果搞了 AA 制。波斯猫捂着嘴巴好一阵臭乐。

　　如是三番，变本加厉，澳洲狗和北非狼虽重义轻财，却也难免心中不悦，往后，对波斯猫的"盛情"邀请就恭敬而不敢从命了。

　　不久，波斯猫三八大寿，决定好好庆贺一番，力邀两位同乡晚上到"长寿宫"大饭店"高兴高兴"。二位揣度，今天是他的生日，大概不会再算计哥们儿吧，于是慷慨赴宴，专点山珍海味大吃海喝，想把往日的冤气捞回来。可酒至酣热，波斯猫又是一声"不好"，吓得澳洲狗和北非狼如雷轰顶，酒也醒了大半，瞪着眼睛问："不是又没带钱吧？"

　　"二位仁兄猜对了。过去我身上总断不了十块二十零花钱——这你们是知道的，可今天太慌张了，竟一分钱也没装。这样吧，你们先候着，我回去取。"

　　回去？来回四十里地，到什么时候能见到他的面？何况以波斯猫的为人，其意并非真的甘愿放血，而是欲擒故纵，我们不等到天亮才怪哩。

"这出戏你还真演得出来啊！"澳洲狗义愤填膺，食欲顿消。

"算了算了，就当是我们再孝敬您老一次。谁叫我们都瞎了眼呢？"北非狼把余菜一扫而光。

波斯猫一脸"惭愧"，心里却像吃了蜜。

澳洲狗和北非狼暗地里发誓：一定要惩罚这只蹭"猫"。

未公开的消息，公司要裁减员工若干名，大家都在心里掂量深浅。澳洲狗和北非狼是企业骨干，留都留得费工夫，怎能辞退？算起来只有波斯猫被"开"的可能性极大，因为他的替换角色大有人在。波斯猫忧心忡忡，向同乡告急。澳洲狗和北非狼异口同声建议："未雨绸缪呀！请老总一顿。"波斯猫一拍脑门，惊喜道："一语点醒梦中人，此乃轻车熟路嘛。可老总肯赏光吗？""你放心，有我们呐。"有同乡帮忙，问题不大；波斯猫当即邀请二位作陪。

很快准备停当，地址选在"名人居"。老总欣然应允，说明大有好戏，裁员的事也许压根儿就轮不到咱哩。波斯猫心中欢喜，就冒出个坏主意：名人居乃星级酒店，自己花钱享受天经地义，那两位也跟着沾光，岂不太便宜了？不行，得故伎重演，也让他们放点血。

主意一定，波斯猫把身上的零钱全部掏出来，率先赶到了名人居，挑了好单间预备着。不久，寻呼机响了，是澳洲狗打来的，上面留言：我马上就到，请先点好菜。波斯猫嘿嘿一乐，道：小子你放心，我会点最好吃的菜等你付款哩。接着，北非狼也打来了传呼：准备好酒，狼某正在路上。波斯猫又是一阵哈哈大笑。

老总按时来了。波斯猫急忙迎了过去，把老总安排到上席，然后朝服务员招招手，拿来菜谱，专拣好的点，点了满满一桌子。

正在这时，波斯猫的寻呼机又长鸣起来，是澳洲狗发来的紧急呼叫：我因故不来，失陪了。波斯猫吃了一惊，第一个反应就是"不好"。看来这小子还算幸运，现在只好宰北非狼了。可没想到寻呼台又发来消息：北非狼先生让转告，所乘汽车坏了，不能如约，请便。波斯猫脑子嗡了一声，眼睛都瞪直了。

老总见状，问："你怎么啦？"

"老总老总，"波斯猫赶紧赔笑脸，"真是不好意思，今天我一匆忙，忘了带钱。你看这酒席是否您先垫上……"

"荒唐！你小子是不是连我也敢戏弄？"老总把桌子一拍。

"误会误会，绝对不敢……"

"误会？难怪大家对你颇有微词，果然刁钻古怪。明天到了公司，先到我办公室去一趟。"老总起身告辞。

波斯猫叫苦不迭，连忙追了过去，却被服务员拦住要结账。波斯猫好说歹说，总算把酒席退了。

波斯猫想：澳洲狗和北非狼中途退席，肯定是有意而为，不由恨得牙齿嘣嘣响。可眼下只有一条路可走了，就是花掉所有积蓄，给老总送大礼赔不是，等过了这一关再说，不然明天真得滚蛋。如此一想，便收拾东西，匆匆往银行跑去。

而此时，澳洲狗和北非狼正陪着老总坐在"成功人士"大酒坊里一边推杯换盏，一边大骂波斯猫呢……

冷 漠 时 代

　　王笑脸做梦也没想到，他进城之后会惹出一场大祸。

　　王笑脸天生一副笑脸，从小到大都没板过，连哭的时候都是笑的；加之人特别礼貌，差不多见熟人就打招呼，见陌生人就点头，一副笑星的样子，人送外号"王笑脸"。

　　王笑脸第一次走在繁华的大街上，脸上笑得更灿烂了。嗬！大楼真高呀！小汽车真多呀！人行道上的自行车真花色呀！马路两边的行人真时髦呀！王笑脸一高兴，就情不自禁地放慢了脚步，眼睛朝四周多停留了一会儿。

　　"呀！"就在这时，突然听见有人尖叫了一声。是身边最近的一个妇女发出来的。她这么一叫，行人纷纷惊慌逃窜，还一边捂着背包一边回头张望。其中两位急不择路，误入自行车道，将一辆自行车撞倒，结果身后的自行车全追了尾，噼噼吧吧倒了一片，许多人被摔得呼爹喊娘。王笑脸见状，也"呀"了一声，奔过去就要扶人。谁知，人还没靠近，摔倒的人就一个挺儿翻起来，提着自行车，如鸟兽散。

　　"怪呀！"王笑脸皱着眉头想。但他皱眉头的时候，脸还是笑的。

　　王笑脸第一次踏进公共汽车，身边站满了乘客，甚至人挨人。王笑脸与这么多陌生人零距离接触，心里那个美呀，脸上笑容洋溢，伸手可掬。开始，大家谁也不理谁，谁也不瞧谁。可是，车没走多久，他的笑脸还是让一个人用眼角的余光给扫描上了。那人睁大眼睛仔细一看，愤怒便写在脸上。"你想干什么！"那人大吼了一声。王笑脸以为人家在跟自己打招呼呢，忙点了一下头，"嘿嘿"地笑出声来。这一笑，周围的人纷纷掉过脸来，这才瞧清了王笑脸的脸。大家赶紧捂住自己的背包，摸自己的口袋，然后下意识地朝四周挤去。车上一阵大乱。许多人被踩了脚，发出严厉的抗议声。

只有王笑脸孤零零地站在那里，一点儿都没有人挤。王笑脸想：城里人真礼貌啊，怕挤了我这个外乡人，宁愿自己挨挤，也要给我留点空间。便朝大家伙儿鞠了个躬，连声说："谢谢！谢谢！"

就在这时，从人堆里发出一声惊叫："不好，我的手机丢了！"大家闻言，又把眼光齐刷刷地投到王笑脸身上。王笑脸连忙摇头，一边笑一边申明："我没看见，真的没看见。"

然而，丢手机的人却挤出人堆，站在王笑脸面前，严厉地问道："你叫什么名字？"

"我？嘿嘿，我叫王笑脸，从娘胎里生出来就是这副模样。算命先生给我卜卦，说我是布袋和尚托生，大肚弥勒转世。"王笑脸眉飞色舞地说。

"少废话！姓王的，快把我的手机交出来吧！"

"咦？同志，我真的没看见你的手机。你咋认准了是我捡了你的手机呢？不信你来搜搜。"王笑脸有点不满，但脸上依然笑着。

"搜身和偷东西一样，是违法的！懂吗？你自己把口袋倒出来吧。"

"中！中！"王笑脸急忙把自己的口袋全翻了个底朝天，里面除了几卷废纸，几张现金外，什么也没有。

"这回你该相信了吧。"王笑脸得理了。

"怪呀，就他这副对不起人的样子，不是他会是谁呢？"那人嘀咕道。

王笑脸下了公共汽车，刚走了几步，就听背后有人喊："姓王的，站住！交出你的同伙来！"

王笑脸回头一看，正是刚才丢手机的那位。所不同的是，他手里正握着一根寒光闪闪的铁棍。

"我不是把口袋翻给你看了吗？"王笑脸说。

"你一定把赃物转移到同伙那里了。不交出你的同伙，我就打扁了你！"那人举着铁棍，直冲王笑脸的门面扑来。

王笑脸"妈呀"一声，抱着脑袋就逃。他想：完了！这家伙认准我是小偷了。

要是被捉住，还不被他打得遍体开花呀。心里一害怕，跑起来就快，不一会儿工夫就把那人甩到了后面。

"抓小偷！别放跑了小偷！"那人一边追一边大叫。

尽管喊得歇斯底里，却没有一个人响应。怕拦了道似的，行人纷纷躲闪，为王笑脸让出了一条宽敞的大道。"谢谢！好人啦！"王笑脸一边致谢一边沿着这条无人的大道飞奔，拐了几个胡同，一头扑进一家门脸房里，累得气喘吁吁，再也跑不动了。

"欢迎光临！"

这时，王笑脸忽然听到一个非常礼貌、非常悦耳的声音。他吓了一跳，定睛一看，却是一个年轻的女孩迎面而来，满脸笑开了花，就像他王笑脸一样。

已经很久没见到这副笑脸了！王笑脸顿感亲切，脸上也不由自主地堆满了笑，"姑娘，救救我！有人追打我！"

"我知道！就你这副知错必改的样子，不追打你追打谁？"女孩说，"幸亏你到了本店，不然，你就没法出去了。"

女孩把王笑脸扶到椅子上，仰面躺着，从几只小瓶子里倒出不同的液体，掺在一起细细一搅，再把混合液倒在王笑脸的脸上。不大一会儿，就为他画上了一张薄膜。王笑脸对着镜子一看，笑容全没了，呈现在眼前的是一副冷冰冰的面孔，死板着，没有笑意，也不再活泛，就像遇到了讨债人似的。

"放心吧，先生，有了这副面孔，保证你万事大吉。"女孩笑眯眯地说道。

"可是，"王笑脸忽然想起了什么，"姑娘，你不也是一副笑脸吗，咋就像没事一样呢？"

"原来你不明白呀！"女孩伸手在自己脸上抠了一下，一张面膜便被撕了下来，露出了本来面目，像讨债人似的，没有一丝笑意，死板着，也不再活泛。"贴上的假面膜是为了招揽顾客，出了门就得撕下来，不然的话，人家不把我当贼打才怪呢！"

"哦，原来是这样！"

王笑脸走出了面膜店，只见四周秩序井然：汽车在马路上呼啸而过，马路两旁的人流急急匆匆。在这个人流里，人人都冷若冰霜，人人都目不斜视，人人都充耳不闻……王笑脸长长地舒了口气，便像一滴水一样悄无声息地汇入这个人流之中。

出 租 时 代

　　出租司机王精明认为:"出租"这个词儿,真他妈的棒!卖,不如出租;买,也不如租。比如他的出租车,每天在大街小巷里乱跑,拉人载客,钞票挣回来了,这车还是他王精明的。因此,王精明一见到那些张贴在车站、厕所等地方的出租广告,心里就替人家高兴:小子,你精明!每次打开电脑,他最喜欢的还是浏览网上的出租广告,看看这世上到底有多少比他王精明还精明的人。

　　没有!王精明很自信。例如,他觉得开自己的出租车,早出晚归,不太划算。你想,既然车都租出去了,人还跟着它瞎跑干吗?不如再租个开车的。他在网上一发布这个信息,马上就有人报名,双方协议公证,对方按月付王精明借租费若干元,还负责车的维修和保养。瞧,王精明当老板了,坐在家里就有进账。请问:别人有这么干的吗?

　　有了这个经济头脑,王精明便把事业押在"出租"二字上。他把自己的房子全都租给了外地人居住,自己搬进了改造过的厕所里;电视机租给了房客;电冰箱租给了食品店;洗衣机租给了洗衣店;桌椅租给了饭馆……甚至,他的宠物狗也租给一家工厂看门护院,宠物猫又租给一只叫春猫做了情人……

　　现在,就剩下一家三口了。王精明的儿子刚满周岁。王精明皱着眉头想:养个小东西,花钱不说,还得用人伺候,等于双倍付出。你说,啥都可以出租,就这儿子不能出租——给别人做儿子,这儿子不是白养了吗?不过,他有个乡下表姐,天天在城里卖盗版光盘,经常被警察捉住,罚款不说,还要拘留。一天,表姐来看王精明,向他诉苦说:要是抱个孩子就行了,即使被警察逮着,也很快会放掉。王精明一听，大喜过望："你干吗不早说呀？你把我的儿子抱去不就得了。"表姐也喜出望外，马上同意签订协议：表姐管养管带管看病，每个月还给王精明租用费。从此，表姐抱着孩子在城里打游击，一见警察来了就哭鼻子抹眼泪，说这孩子如何如何。警察果然就手软了，批评几句就放人。

儿子租出去了，王精明又望着老婆发起呆来。你说，儿子都不在家里，她还待在家里干吗？资源浪费！可是，她又懒又笨，又没啥能耐，长得也丑，谁愿意租她呢？王精明打开电脑，在网上寻找了一番，保姆、钟点工、护理……都不合适。正失望时，一个字眼跃入他的眼帘：奶妈！对呀，孩子出租了，那两包奶水就用不上了，白白浪费了岂不可惜，何不把老婆租出去做奶妈？他马上联系，很快就在网上达成了协议。

就这样，一家人也全租出去了，只剩下王精明自己坐在家里点钱。兴奋之余，他也不免要流露一些遗憾：能出租的太少太少了，家小业小，发不了大财呀！

这天，是表姐交租金的日子。王精明乘出租车赶到城里，找到表姐经常出没的地方。在一个天桥底下，表姐果然正在兜售光盘，一只手搂着租来的儿子。王精明"嘻嘻"一笑，心里就冒出一个坏主意。他捏着嗓子喊："警察来了！"表姐一听，马上在孩子的屁股蛋上狠狠拧一把，孩子便哇哇地哭起来，声音像刚刚出壳的小公鸭。表姐哭丧地说："警察同志，你不能没收我的光盘。孩子都病成这个样子了……"

"表姐，是我呀。"王精明禁不住哈哈大笑。

表姐一见是他，这才心有余悸地说："吓死我了！你来得正好，这两天孩子正绝食呢，不喝牛奶，要喝人奶，我哪有人奶？"

王精明抱起自己的儿子，"哎哟"一声，心里像刀割一般。这哪像自己的儿子：瘦得皮包骨头，嗓子哑了，头发也乱了，小屁股蛋被拧得红一块紫一块。

王精明沉着脸说："表姐，我的儿子怎么成了这个样子啊？你要赔偿我的损失！"

表姐争辩道："你光想出租儿子挣钱，一点代价都不想付呀？"

王精明无言以对。他抱起儿子匆匆赶回家，立即打电话给老婆的雇主，请求退租。

"不行！合同期限还早呢。而且，你的老婆正忙着，根本走不掉。"对方冷冰冰地说。

  万般无奈，王精明打开电脑，搜索"奶妈"，还真找到了出租奶妈的信息。王精明立即去电联系。虽然比出租自己的老婆要价还高，但看在孩子的面上，他也只好认了。哎哟，怪就怪这位表姐！合同上明明写着，她要负责孩子的吃喝拉撒睡，现在她竟为了对付警察，故意让孩子受饿。这租奶妈的费用啊，我非让她出不可！

  王精明焦急地等候奶妈的到来。然而，奶妈迟迟不来，自己的老婆却来了。王精明不满地说："你怎么回来了？要是让你的雇主知道了，扣了租金，我饶不了你！"

  "不是你把我租回来的吗？"老婆哭丧着脸。

  "什么？我怎么会租你呢？"

  "你哪里知道！我的雇主低价租了许多人去他那里，然后又高价转租出去。我就是被转租回来的。"

  "转租？"王精明眼前一亮，然后狠狠地捶了一下自己的脑袋，"好主意！哎哟，我王精明不如呀，怎么就没想到这一招儿呢？"

游睿，男，重庆市作家协会会员，为数不多的80后实力派作家小小说作家。迄今已在《啄木鸟》《小说界》《飞天》等刊物发表中短篇小说和小小说60逾万字，小小说作品多次被《读者》《小小说选刊》《微型小说选刊》《小说选刊》等刊物选载，多篇作品连续入选《中国小小说300篇》《中国微型小说300篇》等几十个选本。出版有小小说作品集《请输入你的爱情密码》《点燃一个冬天》等，2009年冰心儿童图书奖获得者。

游睿卷

一只鹰住在我对面

一开始，我并没有觉得对面楼上的老头有什么异样。

在我居住的这座小城里，似乎大街小巷都能遇到这样的老头。花白的头发，佝偻的腰，手上提着个大大的鸟笼子。只是这个老头住在了我的对面，每当我无聊地推开窗子的时候，他就很不自觉地撞进我的视野。可惜他不是一个美女，因此，他几乎成了我关上窗户的直接理由。

老头是新搬来的，先前那套房子并没有发现有人居住的痕迹。老头住进来以后，在我看来对面除了多了一个苍老的背影外，没有什么变化。

直到有一天，对面楼上突然响起了一阵砰砰的声音。我没好气地打开窗子，看见老头正站在阳台上，拿着锤子用力地将几块木条往墙上钉。一边钉，老头偶尔还拿出卷尺量一量，然后继续钉。很快，阳台上就出现了一个木条钉成的框。这个框约莫一个人那么高，像一个肿瘤一样长在阳台上，显得很不谐调。

他要做什么？我奇怪地看着老头的框子，第一次把目光较长时间留在了对面。

老头显然没有注意到我在看他。他继续测量好木条，然后锯好，钉上去。由于木框比较大，有些位置老头的身高完全够不着。那老头试了试以后，竟然一下子爬到阳台的护栏上。这是一幢有着七层楼高度的楼，老头所在的阳台就是这里最高最危险的地方，护栏是凌空的，一旦发生意外，后果不堪设想。何况他是一个老人。

我的心一下子紧张起来。

但老头并不知道我的担心。他直起身子，竟然步伐矫健地在不足巴掌宽的护栏上走动起来，然后俯身拿起一根木条，又砰砰砰地钉了起来。看得出，他的动作轻松自如，没有任何紧张感。

他这样轻松地钉了好几根木条以后，我开始相信，老头在护栏上不会出意外。他是个不简单的老头！

果然，当天下午当我再次打开窗子的时候，老头似乎已经完工了。我看到对面的阳台上，出现了一个大大的木笼子。不仅如此，笼子里还多了一只体型较大的鸟。由于距离远，看不出究竟是什么鸟。那鸟似乎很安静，站在笼子里的一根横木上，俯身吃东西。

从那以后，老头手上的笼子就不见了。他把原来的那个笼子变成了一个更大的笼子。一有空，就看见老头站在笼子旁边，往笼子里扔东西，边扔似乎还边说着些什么。而我每次打开窗子，第一眼看见的就是那个笼子，还有笼子里的那只鸟。

在我们这个小城里，像对面那样的老头太多了，他们遛鸟，把鸟提在手上。而这个老头却把鸟关在这样一个固定的笼子里。那鸟远远看上去并不美丽，而且我从来没听到过它的叫声。

我急于知道，那究竟是只什么鸟？

第一次，我走下楼，敲开了老头的门。说明来意之后，老头欣然答应。他说，你就住在对面，我每天都能看到你，你好像不怎么出门。

我点着头说，你也不是一样吗？老头笑了笑算是默认。走进老头的屋，屋子很朴实，但干净整洁，茶杯擦得发亮，被子叠得像豆腐干。穿过卧室，老头领着我来到阳台上，老头指着笼子说，你自己看看吧，这就是你说的鸟。

我走近笼子，惊奇地发现那不是一只普通的鸟，而是一只鹰。这只鹰的体积和一只成熟的雄鸡大小差不多，此刻它的两扇大翅膀有力地收拢，那双锋利的爪子牢牢扣着横木，目光威严地看着我。

老头看着我，笑了笑说，这只鹰可厉害了，它曾一次抓起过两只兔子。我花了好大精力才将它捕到手。

您为什么喜欢养一只鹰呢？养只小鸟多好！

老头说，你不懂，或许是因为我是一个军人吧。

军人？我说我一直很景仰军人。可惜我自己不是。

听了我的话，老头似乎来了兴趣。他撩起自己的衣服，我看到他身上的伤疤一个接着一个。老头逐一指着说，这个是打小日本鬼子的时候弄的，那个是在朝鲜战场落下的。他脸上的皱纹绽开了许多，就像回到了那个激情燃烧的年代一样。看到我连连点头和佩服，老头钻进屋，索性端出一大摞奖状和勋章。老头说，我以前当过将军你相信吗？

我连忙说，信，信。我就说呢，那天看您在阳台上站得那样平稳，就知道您很厉害。

老头满意地笑了一下，那算小儿科了。我身上的本事岂止那点？他妈的，要是上级对我再好点，我早全部发挥出来了。说到这里，老头的脸上有了一丝不悦。渐渐地他的脸色有些难看，似乎想起了一些不顺心的事。

见到他这样，我赶紧告辞。临走，老头说，别把那只鹰当成了普通的鸟了，那是鹰。

此后的日子，每次打开窗户，我都用无比景仰的目光看着对面。那里竟然住着一个老将军和一只老鹰。

再后来的一天，一个朋友走进我的房间和我谈心。突然朋友打开窗子，看到了对面的阳台，朋友说，你对面的那个老头真有意思，怎么在阳台花那么大精力建了一木头的鸽子笼子，瞧，里面还养着一只大鸽子。

是吗？我吃惊地看了看朋友，然后用骄傲的语气说，那是一只鸽子吗？你仔细看看，那是一只鹰，而他的主人曾经是将军！

朋友没有我预料的那样出现吃惊的表情，他淡淡地说，就算那是只鹰，就算它的主人以前是将军。但现在它那样出现在对面，我只能把它看成鸽子，而他的主人只是一个平常的老头。

我的心猛然一颤。

朋友走后，我默默地拿起电话。已经离开单位半年了，我第一次主动拨通领导的电话同意回去上班。

作为一个在全国多次获奖和拥有多项专利的高科技人才，我认为自己有必要这样做。

母亲的闹铃

我是在下岗后的第一天遇到他们的。

那一天，我还是和以往一样，一大早就起床然后出门。打开门的时候，我听到母亲咳嗽着对我说，别忘了吃早餐。我应和着就出了门。走到空空的大街上，我不知道自己要去哪里。眼见着母亲的病情越来越重，怎么就偏偏这时候下了岗呢。

没走多远，我就遇到了他们。他们站在墙角，手上拿着扳手使劲地撬一辆摩托车的锁。

住手！我火了，那不是偷窃吗？

他们俩听见吼声拔腿就跑。反正我心里有一腔火没地方发，所以我就不顾一切地追了上去。追过了一条巷子，又追过了一条巷子，他们俩却不跑了，停了下来站在那里等我。我心里反倒有些紧张。

哥们儿，咱不跑了，有话好好说。其中的一个说。

我们也是不得已，我家中老小都靠我挣钱糊口呢。另一个说。

我不说话，看着他们。

哥们儿，我给你钱，只要你不坏事，咱们以后就是朋友。于是他掏出一把钞票，递给我。

只要你放过我们，咱以后不干了，坚决不干了，你看怎么样？

我看着那把钞票，突然就想到了母亲的咳嗽。我从那把钱中抽出了一张，然后说，你们走吧。

他们却站着没走。哥们儿，看得出，你也是个缺钱花的人。我就豁出去了，咱们做个朋友怎么样？于是有一只手伸了过来。

我犹豫了一会儿，却鬼使神差地握住了那只手。

当天晚上，我们一起去了酒吧。在酒精和音乐里，我忘了自己下了岗。快到深夜的时候，我才回家。我把药递给母亲的时候，我说最近可能要加班。

第二天晚上，他们又约我出去。依旧是在酒精和音乐声里，他们说缺钱呀缺钱，挣钱呀挣钱。我沉默，白天找了好几家职介所，也没找到工作。也罢，豁出去了，一起干。正说到关键的时候，我的手机响了，熟悉的和弦音告诉我是母亲打来的。

母亲说，十点了，该下班了呀。回来的时候顺便给我买点药回来。说完，母亲咳嗽起来。想到母亲的病，我不得不赶紧找了理由赶回去。我从来都是很听母亲的话的。

第三天晚上，我还是和他们在一起。他们说，又有了挣钱的目标。想到母亲的病，想到家里的一切开销，我终于答应他们，一起去看看。可是我怕母亲的电话，她一打电话来，我就下不了决心。刚好这时手机又响了，还是那熟悉的和弦音。是母亲打来的，我赶紧回了家。

第四天一大早，母亲就跟我说家里的电话停机了，她要给舅打电话。我把手机递给她，心里却暗中高兴，只要母亲不打电话来，我就可以和他们一起大胆地行动了。

这天晚上，他们和我一起喝了些酒，然后就准备行动。这会儿我特别大胆，因为我知道家里的电话停机了，母亲再也不会打电话来。所以我有信心干到底。

接近目标的时候，大概是十点左右。我是第一次行动，所以我就负责看人。正当他们俩过去的时候，我的手机却又响了，还是那熟悉的和弦音。怎么会呢，家里的电话不是停机了吗？我赶紧拿出手机一看，是闹铃。什么时候我调的闹铃？虽然是闹铃声，但这熟悉的音乐却让我想起母亲的电话。我心里一紧，犹豫了，难道……我赶紧往家里跑。边跑就听见他们俩在骂，乌龟，又退了！

回到家里，母亲正坐在屋里等着我。母亲一把抱着我说，好孩子，我的好孩子，你总算回来了。

妈，你这是怎么了，我加班呢，我说。

　　唉，你就别哄妈了。你下岗的第一天我就知道。你们单位打来过电话的。你天天晚上在外面跑，我怕你学坏呀。电话又停机了，你不知道我有多担心。所以我就在今天早上，给你的手机设置了闹铃，到时候提醒你早点回来呀。没想到你果然就按时回来了，妈这才放心呀。

　　我心里一热，泪水就出来了。

　　第二天早上，电视里就播放了一条新闻，有两个盗窃犯在作案时被现场抓捕。我看清楚了，是他们俩。

出 售 刀 疤

我的同学杨东魏在一个莫名其妙的下午给我打来一个电话。杨东魏说，我现在住在丹桂医院二楼，要不，你过来看看我？

在我们的同学中，杨东魏一直是个不起眼的人物。读书那阵子，他身上穿得特别寒碜，哪怕是冬天也经常衣不蔽体。加上这小子一直喜欢油腔滑调，很不讨人喜欢，所以在学校经常受欺负。他的身上经常被人打得青一块紫一块，同学们都劝他做人谨慎点，免得惹麻烦。但他依旧是个牛脾气，还招惹社会上的一些不三不四的人。毕业之后我们很少联系，看来这回住院，估计又是惹祸了。

我带着礼物，更带着一种复杂的心情往医院走去。老实说，现在我自己做事情也不大顺，马上单位准备裁员，据说领导早把我这个沉默得只知道用文字说话的家伙放在了裁员之列，我该怎么做为好？

到了丹桂医院，转过几道弯就上了二楼。一上二楼，我看到人头攒动，好家伙，今天看病的人怎么这么多？仔细一看，在过道里走的人都有一个特点，竟然个个腰圆臂粗，不像是来看病人的，倒像是来打架的。我小心地跟在他们后面，我不是来打架的，我开始寻找我的同学杨东魏。

刚走了几步，就出来几个满脸刀疤的家伙横在我的面前。这几个人脸上的刀疤，像一条条醒目的蜈蚣一样贴在他们的脸上，那些蜈蚣让人觉得恐怖和不可接近。你找谁？其中一个人问我。

杨东魏，请问这里有没有一个叫杨东魏的病人？我小心地问那几个人。

你找杨教授，你是他同学吧，跟我们来。说着，那几个人一转身就走在了我前面。我的脑子里立刻冒出了许多问号。杨教授，杨东魏居然是教授，这怎么可能呢？他小学毕业以后找没找到工作都是未知数，他怎么可能是教授呢？

事实上，没容我过多猜疑，跟着那几个人走了几步以后，我看到了穿着白大褂戴着眼镜的杨东魏，此刻他正拿着手术刀往别人身上划呢。

杨教授，你的同学到了。刚才带路的一个人说。这时杨东魏抬起头，冲我微笑了起来。看着我手里的礼物和一脸的惊讶，杨东魏说，怎么，把我当病人了？我来这里做生意，叫你来捧个场。

我顿时被更多的问号包围了。

杨东魏把我领进了另一间房间，然后开始慢慢解开我的惊讶。杨东魏说，他把医院的二楼承包下来了，他要做的，就是出售刀疤。

我差点没把肚子笑爆。怎么，出售刀疤？谁买，谁会花钱购买一道刀疤？

就有人买！杨东魏却没有笑。你没见走廊上那么多人，他们都是来买刀疤的。

他们的脑子里是不是进水了？或者钱多得没地方花？

杨东魏说，你刚才进来的时候，第一眼看到领你进来的那几个人的时候，有什么感觉？老实说，你有没有害怕的感觉？

我点头，是有些害怕。一看就是不好惹的主！

那就对了。杨东魏说，人家要买的就是这个效果。这是我多年来的经验。说着杨东魏拉下自己的膀子，上面满是蜈蚣一样的刀疤。杨东魏说，以前，我老是被人欺负，可是自从有了它们以后，别人看到我就害怕。本来最初我被人砍了很不好意思，觉得丢面子。后来一不小心露了出来，却让那些原来欺负我的人再也不敢靠近我了。我自己也不觉得刀疤有什么力量和光荣，但是它就是能起到这个效果。所以，我干脆就做起这个生意来了。你看，今天开业，生意不错吧？

可是，你怎么出售呢？我问。

杨东魏笑了笑说，为什么人家叫我教授，是因为我进行了深刻的研究。出售刀疤其实很简单，经过我的研究以后，只需要在你指定的位置将皮肤割一条口子，然后涂点药水，几分钟后皮肤上就会自动长出一条很醒目的刀疤。如果你不需要了，再到我这里买点药水，一涂上去就没有痕迹了。

那价格呢？

价格根据刀疤的长短。一般一条刀疤在两千元左右。杨东魏的脸上划过一丝神秘的微笑。今天我已经卖出去好几百条了。

这么贵！太不可思议了。可是我还是想不出来这些人为什么要买一道无聊而且丑陋的刀疤。

杨东魏说，目前，有很大一批人通过购买我的刀疤，不但受到别人的尊敬，而且还找到了自己的工作呢。

说到工作，我顿时忧心忡忡。杨东魏看出了我的心思，经他一问，我就把自己面临裁员的事情给他说了。杨东魏说，哈，你的事情用我的刀疤就可以解决。说着，杨东魏一招手，马上就过来几个满脸刀疤的人，杨东魏一阵耳语，那几个人点了点头对我说，小事情，你是杨教授的同学，就不收钱了。接着他们就走了。

在杨东魏那里唠叨了好一阵之后，我才决定回家。临走杨东魏对我说，如果有兴趣，可以和他一起干。我没做答复，我一边在路上走着，一边在不停地思考问题。这到底是怎么了？

不知不觉进了自己的家门口，单位领导却坐在我家里。领导笑着说，终于回来了，我是来告诉你，我准备让你当办公室主任，你看愿意不愿意？领导又说，你那几个带刀疤的朋友……

我看了看领导，恍然大悟。我拍拍头认真想了一下，说，我也正找您呢。我要求马上辞职，就现在。

我没有顾领导不理解的目光，走出门去，给杨东魏打了个电话。我说，我决定出来做生意，但不和你一起干，我想弄一批《劳教释放证》来出售。

我就站在你窗外

　　我的工作，属于很特殊的那类。至于是什么工作，到文章的结尾你就知道了。

　　我们的老总最近搞了一次改革，改得很让人难受。把我每个月的月薪和我的工作量挂了钩。为了按照新改革方案顺利拿到工资，我不得不每天游移在大街小巷。干我这一行的，以前总是凭运气干的，运气好的话一天可能有你想不到的收获。可是现在做我这行的人比较多，而且我们的目标越来越狡猾，有时候你抓也抓不到。

　　很多时候，我总是把耳朵张得大大的。我没做别的，我是在听哭声。有哭声的地方就是我的希望之地。

　　是你的哭声，把我拉到你的窗外。

　　我静静地看着，我就站在你的窗外。你还那么小，我并不在你身上抱任何希望。你坐在床上，痛苦地用双手抱着头，你不断哭泣的时候有一个中年女人在安慰着你。我想那是你妈妈吧。

　　你说，他来了，我感觉他就在窗外。

　　你妈妈瞪了你一眼，往窗外看了看。凭你妈妈的眼睛当然看不到我。所以你妈妈说，谁？你胡说什么？来，吃点东西。接着她就把碗递到你的嘴边。

　　你猛地把碗推开。你说，不要给我吃东西。我不要吃东西。前两天我看电视，有人吃一个骨头没吃下去就噎死了。

　　可是这里面没有骨头呀。妈妈说。

　　没骨头我也不吃。谁知道你这里面用的什么作料，这里面有没有毒，如果有，吃了会被毒死。你说我不吃，不吃。

妈妈无奈地看了看你，然后顺手拿了把刀。你顿时吃惊地尖叫起来，你吼道，把刀放下，把刀放下！妈妈也被你的吼声吓住了，她连忙放下刀，问怎么了？

你说你拿刀干什么，快把刀扔出去。有一个杀人犯就是用这种刀把人杀死的。

妈妈说我准备给你削一个梨，你不吃东西吃个梨吧。

那就更不能了。你说，有一个人削梨的时候一不小心刀划到了手腕上，最后动脉血管断了，那个人就死了。

妈妈说那是意外呀。如果你实在不想吃东西，就出去走走吧。那样对身体有好处。

出去走走？你连忙摇头，你说我不走，我不走。外面那么多汽车，每天都要出车祸，谁敢保证我不出车祸不被撞死或压死？还有我们住在这么高的楼上，下楼梯的时候谁能保证我不会像隔壁孙奶奶一样摔死？

你这孩子。妈妈有些生气了，你说什么呢你？哪里有那么多倒霉的事？

你说，真的，我说的真的。然后你又说，啊，他来了，他来了。你说他就在窗外。

你妈妈连忙到窗户前看了看，你妈妈当然没有看到我。你却急急地叫住你妈妈，你说别过去呀，那里危险，不是有好几个小孩和老人都是从窗户那里掉到楼下跌死的吗？

那里有什么呀？你妈妈急了，然后摸了摸你的额头，弦子，你是不是病了，我想我得带你去看医生。

不要，我不要看医生。你连忙说，医生会拿错药，把你误诊到死。如果要动手术，弄不好会把你割死。就算我有病，他们也不一定能治疗好，最后还是要死。这些事你又不是没听说过。

你妈妈生气了。她说，你这孩子，怎么了，真让人着急。

不，你千万别急。没听说有人一急了就吐血，然后倒地就死了吗？

唉！妈妈叹了口气说，那你睡一会儿吧。睡一会儿就没事了。

不，我不睡。谁知道我一觉睡了还能不能醒来。许多人睡了之后就醒不来了，万一发生了地震怎么办，万一煤气泄露怎么办，万一房子塌了怎么办，万一遇到恐怖袭击怎么办，那我不都得死吗？我不睡，你哭着说。

我真拿你没办法！妈妈说，等着，我得给医院打电话。说着妈妈准备转身出去。

这时你又尖叫起来。啊，他就在窗外，就在窗外。妈妈，你不要走，我怕！

妈不走就是了。你妈妈又折回身来。我把电视打开，看看电视好吗？

不要呀，你连忙说。别碰电视。万一电视漏电把你烧死了怎么办，你没听说过这样的事吗？再说电视突然爆炸了怎么办，那我们俩不都得死吗？

那我们俩就这样坐着？妈妈问。

不，我不能这样坐着。这样我们会很快老掉，老了也会死。

你究竟要怎样？

我不知道，不知道该怎么办，为难死我了。你说，我知道他就在窗外，他会进来的。我怕。

怕什么？你爸有枪呢。妈妈突然说。

枪，不要。枪走火了会把人打死。

你在屋里和你妈妈这样不停地说着话。你说蚂蚁会爬到人的耳朵里把人脑髓吃掉让人死去，蛇会把人咬死，就连家里的狗也会把人咬死。你说处处都是死，随时都是死，太可怕了，太可怕了。

我在窗外静静地看着你，我笑了。我说过，你太小，我在你身上不抱什么希望。可是我现在发现你很了解我，我的所有手段似乎都被你看穿。所以我不打算走开，我知道很快你就要随我来的。至少，你不吃饭要饿死。

现在我不说你也知道我是做什么工作的了。死神其实也就是我这样一个为我们老总卖力的员工。我们的老总总嫌他那里的工人不够多。我每带去一个人，他都会给我一笔奖金。为此，我随时就站在你的窗外。

贴在门上的眼睛

这天中午，张刚拿起粉笔，在墙上为第六个即将成型的"正"字添上了一笔。然后，张刚拖出床底下的大包袱，把自己的行李又放了一样进去。还有三天，也就是说墙上的第六个"正"字只差三笔就完成了。当第六个"正"字完成的时候，就是张刚下决心离开花木村村校的时候。

张刚摸出女朋友雯儿的照片，看了看，又凑近看了看。张刚发现雯儿的那张脸比自己记忆中的还要美。就快一个月了，在这所一阵风就能刮垮的学校里，张刚没有给雯儿打电话，想打，没电话。临走的时候张刚对雯儿说过，我就去一个月。雯儿说，一个月你不回来呢？张刚说，准回来，我本来就不想去，要不是我爹妈逼我，我一天也不想去。雯儿说一个月你不回来我就不理你了。张刚点头说准回来。

想到马上就可以回去见到雯儿了，张刚乐了。张刚关了门，捧着雯儿的照片，躺在了床上。张刚想做一个梦。在学校的这些日子，张刚一有空就想做梦。这里没有电话，没有商店，没有朋友，没有想有的一切，但就有一张可以做梦的床。可张刚总是睡不着。一闭上眼睛张刚就想起在来这所学校的路上听说的关于这所学校的一个故事。说许多年前有一个年轻老师和自己一样被分到这里来教书。可是由于这里条件艰苦，女朋友和他分了手，年轻老师为情所困，上吊自杀了。

正在这时候，张刚突然发现寝室门上那个破洞里竟然有一只眼睛。那只眼睛正朝里面张望呢。

谁？张刚顿时觉得一股凉气从脚底迅速爬上头顶。

张刚咳嗽了一声，算是给自己壮壮胆。张刚怯怯地问了一声，谁？但张刚这一问，那只眼睛马上就不见了。张刚又给自己壮壮胆，然后猛地一把拉开门。门外空空的，别说人影，就连鸟叫声都没有一点。

张刚慌了，自己刚刚明明看到了一只眼睛，怎么就没人呢。是不是跑了？那他又是谁？他在看些什么？张刚越想越复杂，越想越害怕。张刚重新躺到床上，就更加睡不着了。

就这样约莫过了十几分钟，张刚抬起头，发现那个小洞又有一只眼睛在往里面看。这回张刚没有犹豫。他跳起来，一把拉开门。但还是晚了，张刚没有看见是谁。不过，张刚却看到了一个小小的背影。很明显，那是一个学生模样的背影。通过这个背影，张刚排除了一些可怕的想法。张刚断定，这个把眼睛贴在门上看自己的人可能就是自己的学生之一。

可是张刚还是不能平静。就算是自己的学生，那么他想看什么？带着这个问题，张刚决定一定要查出这个人是谁。张刚动了动脑子，立刻就想出了一个办法。他把红色的粉笔用水浸泡了一阵，然后在那个小洞上涂了一圈。张刚想，只要谁再把眼睛贴在门上看，他的眼睛上就会留下红色的痕迹。到时候我就知道他是谁了。

这回，张刚放心地躺下了。而且很快他就做了一个梦，梦见雯儿和自己正在甜蜜地拥抱呢。当张刚梦醒了之后，他发现那个门洞上依旧有一只眼睛。张刚不慌不忙地打开门，然后径直走进教室。

坑坑洼洼的教室里，学生们或坐或站。看见老师进来了，教室里顿时安静下来。张刚站到讲台上说，请大家把头抬起来。张刚想，这下可以知道是谁了。

张刚一说完，教室里五十多个学生一下子都把头抬了起来，睁着大大的眼睛看着张刚。张刚把目光在他们脸上搜索了一遍。他想找到那个眼睛上有红色痕迹的学生。可是他发现，五十多个学生的眼睛上，都有红色的痕迹。

这是怎么回事？你们都在老师的寝室外看过吗？你们看什么？张刚忍不住有些生气了。

教室里静悄悄的。没有一点声音。所有的学生都低下头，一言不发。

说呀，你们要看什么，想看什么？

半晌，终于从下面传来一个怯怯的声音。老师，我们就想看看你寝室里那些城里的东西。

城里的东西？张刚一下子蒙了。我寝室除了台灯等一些再也平常不过的用品外还有什么？台灯你们也没见过？张刚觉得简直好笑。原来学生们一直要看的就是这些。

没有……又是低低的回答。

张刚看着低着头的学生，再次回忆起他们在门洞上看里面时的眼神。突然张刚感到心里被什么东西猛地撞了一下，撞得张刚生疼，撞得他眼睛里禁不住有了泪花。张刚放低声音，说看吧，看吧，以后你们想看就到我寝室里面来看，好吗？

三天后，张刚给雯儿写了封信。信里有一幅画，画的是一个破门洞上，贴着一只大大的眼睛。张刚在画下边写了一句话：雯儿，我对不起你。因为我害怕那一只只大大的眼睛。

1.73 米的父爱

高考了。夏天，成绩还没下来。热，闷。

你坐在堂屋，电风扇吐出来的热风始终舔不干你脸上的汗水。你看了看屋外灼热的阳光，对着里屋喊了句，爹呢?

娘边跑出来边在围腰上擦着手说，死老头子，不知道忙什么去了。

爹就在这时进来了。爹的脸上淌着汗水，皱纹立马堆出一堆笑容。说什么呢，来，儿子过来。爹招着手，叫你。

你不知所措地走过去。爹用手拍拍你的肩膀，站好，站直。这时你才发现，爹的手上原来早就多出了一把卷尺。来，爹给你量量。

无聊。你奇怪地看着爹，丢了一句话就折身进了屋。你心情不好，尽管那时你看见爹的手抖了抖。爹说，不量就不量，啊。爹的脸上依旧是笑容。

整个中午你都没睡好，你心里乱。当你开门出来的时候，看见爹正站在门口，爹的脚下踩着个小板凳，望着你笑。爹说，儿子，我给你说个悄悄话。你疑惑地把耳朵靠近爹，听见爹正一字一句地说，你的成绩下来了，考了六百多分，能上的。

你愣住了，接着跳了起来，真的吗，真的吗?

是真的，我亲自去看的。爹说。

太好了。你高兴得冲出了家门。但隐约中你感觉爹并没你想的那么高兴。

傍晚的时候你才回来。回来以后你才看到爹无比的高兴，那高兴劲儿是从来就没有过的。你奇怪，难道有什么事比我的高考成绩还值得高兴?

爹一把搂着你说，太好了，孩子，你的身高有 1.73 米呀。

你笑了，对呀，1.73 米正是自己的身高。可是你怎么知道的呀？你问爹。

测量的呀，爹说。

测量？什么时候？

中午你起床的时候，我站在小板凳上和你说话。刚好那时我和你一样高。你走之后，我用我的身高加上小板凳的高度，结果是 1.73 米，这就是你的身高呀。爹接着说，其实上午我就知道你的成绩出来了。你报考的那个学校，对身高要求很严格，必须要 1.70 米以上的才能录取。你有 1.73 米就足够了，所以你是一定能取的，我才放心呀。

你不由得震惊，你低头，发现爹比自己矮了好大一截。爹的个子在你面前显得单薄而且渺小。你想象着这个比自己矮了很大一截的男人，是如何用卷尺先量他自己的身高，再量一个小板凳的高度的样子，你就再也忍不住紧紧地抱住爹的身体。你说，爹，1.73 米的高度是你给我的呀，你又说，爹，对不起。

在爹拍着你的肩膀的时候，你流泪了。

点燃一个冬天

　　山村的冬天就是来得早，寒气在十月刚过就开着队伍盖天铺地卷过来。村里的人似乎都有些怕了，早上 8 点还没多少人起床，只有几根枯玉米秆子被寒气冻得瑟瑟颤抖。孙老师和自己的女人却早早起床了。

　　瘟天，又是下雨。女人没好气地骂着，一连倒了这么多天，天上的水也该倒得差不多了。

　　孙老师笑了笑。大块大块的煤早就堆在了操场的角落。孙老师说，生火吧，我已经听见孩子们的脚步声了。

　　女人望天，叹气。瘟天！女人又咧咧地骂。走路的时候一步比一步用力，只差把地踏出一个坑。女人用了几块木炭放在了煤的中央，然后嗤地划了根火柴。瘟天，再下雨我们这冬天就无法过了。女人说。

　　孙老师知道，女人说的是煤。这点煤是女人用背篓一块一块背回来的，女人背煤背得很辛苦。女人想用这些煤度过这个冬天。孙老师不说话，他听见了孩子们脚踏着水的声音。这声音渐行渐近。孙老师就想起他们沾满黄泥的裤腿，露出脚趾的胶鞋，贴着脸皮的头发和准备钻进嘴里的鼻涕……孙老师说，但愿这是最后一个雨天。

　　这时孩子们来了。整整齐齐地叫了一声老师好。孙老师喂喂地应着，说放下书包，快来烤烤，烤干身上我们马上上课。学生们就如一群鱼儿一样游在那堆火旁边，一边伸出湿漉漉的裤腿和鞋，一边在雾气里说着谁早上没等谁，谁昨天放学后看见孙老师做什么了。孙老师笑着招呼，都来烤烤，别冻着了。

女人在一边默默地看着。半响，女人说，我有事先走了，你们慢慢烤。女人挎着背篓慢慢地被雾帘遮住。远处渐渐地有了狗叫或者一两声鸟儿的私语。

下午放学了，雾还没怎么散。孙老师和孩子们挥手，不断说着再见。孙老师说，天黑得早，早点回。住远一点的，要走两个多小时呢。孩子们点头。

看孩子们走远，女人放下背篓。背篓里是满满的一背篓干柴。

哟，原来你是在弄柴，有了柴我们不就没事了吗？

女人给了孙老师一个白眼。女人说，你早早地就把学生放回家了，人家还不是在路上贪玩？

谁说的？他们可都是听话的孩子，放学就回家了呀。孙老师说。

你不相信？我今天上山遇到了一个家长，他说你们怎么老留学生的课呀。可我们放学很早的。你想想，学生们是不是没听话？枉你还那么热心。女人愤愤地说。

女人说完，就看见孙老师已经出了学校的门，脚步把寒气撞得哗啦哗啦响。

傍晚的时候，女人做好了饭菜，孙老师才回来。回来的时候抱了一大捆干柴。

看到啥了？女人问。

孙老师放下柴禾，说看见了，他们在路上的一个草坪里玩。我批评了他们几句，放学是得早点回家。

女人说，你看你，唉。女人摇摇头，想说什么，但没说出来。

这天晚上，寒风又把村庄哗哗哗哗摇了一个晚上。女人和孙老师在床上翻来覆去睡不着。女人说，听见没有，下雪了。孙老师说听见了，下就下呗。

可我们没有煤了，准备冻死？

我们不是有干柴吗？怕什么呢？

那点干柴能维持多久？

孙老师翻了翻身，能维持多久就多久。睡觉，睡觉，明天还有课。

你……女人已经听见孙老师的呼噜声了。

第二天一大早，大地上到处插满了白旗，空气里仅有的一点暖气算是彻底投降了。寒气四掠，厚厚的积雪很刺眼。孙老师和女人还蒙在被子里，就听见有人踩着积雪传来扑哧扑哧的声音。接着有人走进学校。

孙老师一个骨碌爬起来，难道是学生们来了？这么早？

女人跟着起了床。女人看见孙老师打开门，站在那里不动了。

咋了，咋了？女人赶紧跑过去。

门口，齐刷刷地站着孙老师的学生们。他们手中都提着一袋木炭，正一个接一个地把木炭往孙老师的门口放。门口已经堆了好大一堆木炭。

老师。孙老师还没来得及说话，已经有人说话了。这些都是我们自己在放学后烧的，这种木炭特别耐烧。

原来……

这时学生们又说，老师，够你们烧了吗，不够我们继续烧，我们能烧。

孙老师的眼里已经有了泪水，他回头看了看女人。女人的脸红扑扑的。

女人眼里也闪着东西，她嘴里冒着热气，一个劲儿地说，够了够了，都可以点燃一个冬天了。

爷爷的存款

我是在一个下午突然被父亲的保镖带回家的。当时我正在酒吧里和我的朋友们疯狂地干杯，我对他们说喝吧、玩吧，不就是钱吗？我爹有的是。

这时候父亲的贴身保镖来到我面前，他说，少爷，回吧。这个只听我父亲话的人没容我思考，就在我的抗议声中把我扔进了汽车。

我一直觉得自己是在钱堆里出生的。从我记事起，我就知道父亲是这座城市里最有钱的人。每个月母亲给我的零花钱就可以让普通人家宽裕地过一年日子。我身上穿的是这座城市里最昂贵的名牌，坐的是奔驰轿车。因为有钱，十多年来，我已经习惯了大手大脚地花钱，并且习惯了在别人羡慕的目光中买走一件又一件名贵的物品。

有钱的感觉就是把钱不当钱一样花掉。

父亲是我们家中唯一反对我花钱的人。我所有的钱都是母亲悄悄给我的。我不明白这个被我叫作爹的有钱人，他的资产毫无疑问地将他推上了城市首富的宝座，然而他却普通得像个农民。这么给你们说吧，他现在站在一群农民当中，永远没有人会发现他就是这个城市最有钱的人。他身上穿的是几十元的普通衣服，有时候到公司竟然会坐公交车去。

你说他是不是个怪老头？

爹不止一次扯着我的耳朵告诫我，节约啊节约啊。从而让我怀疑我耳朵上的茧子不是让他的话给磨的就是他的手给扯出来的。

让我想不明白的，不光是父亲为什么这样装腔作势般地节约，还有这样一个看起来普通得不能再普通的人为什么会有这么多钱。我把这个问题反复地问过我母亲，她老人家给我的答案是，爷爷留给了父亲一笔存款，因为这笔存款父亲才赚到现在这么多钱。

现在我父亲的保镖按照我父亲的意思把我揪了回来。在父亲的办公室里，父亲头也没抬叫我坐下。我看见阳光中，这个近五十岁的干巴老头的身影很瘦。他用严厉的声音对我说，败家子。父亲狠狠地说，你是败家子你知道吗？

我觉得这句话很不顺耳。我说，我是你的儿子，你有钱，我不花谁花？

父亲跺了跺脚。父亲说，败家子，我这些钱来得容易吗？真是个败家子。

我想了想。我必须得找句话来应付父亲的话，同时最好给他一点难看，让我的乱花钱变得冠冕堂皇。我仔细想了想，终于想出了一句自认为很是完美的话。我说，你以为你一开始就是现在这样有钱吗？你还不是依靠你的父亲我的爷爷才走上今天的，没有爷爷留给你的存款，你就在乡下喝西北风去吧！

这句话似乎很有效果。父亲在我面前愣住了，愣了很久，我看见父亲脸上的肌肉开始不自觉地跳动，脸色也变得更加难看。半晌，父亲走到我前面，拉住我的手对我说，坐下，坐下听听你爷爷的故事。

就听听吧，其实你也是和我一样靠一个好老子过上幸福生活的。我想。

父亲拉着我坐了下来，拉得很别扭很不自然。父亲抬起头说，是的，要不是你爷爷留给我的存款，我现在真的在乡下喝西北风。于是父亲接着说，我们的老家，其实在一个很穷很穷的山村，穷到现在我拉出的大便里还有着红苕和玉米的味道。你爷爷带着我们其实一直过得很艰难，经常上顿吃了没有下顿。

你们还差点乞讨，还差点被饿死……够了。我说，这些话我耳朵已经听起了茧子你知道吗？电视剧里和那些课本上不是已经讲过了吗？你是不是还要重述一遍企图教育我？

父亲瞪了我一眼。然后父亲叹了口气，接着说了起来。我们还差点乞讨，差点饿死。穷啊。为了扶持那个饿得只剩下几个瘪肚皮的家，你爷爷开始到处借钱，欠了一屁股债。等我们这些孩子慢慢长大以后，你爷爷才开始还债，到最后竟然存了一笔存款。

存款？我觉得父亲终于不再跑题了，把事情说到了关键问题上。就是让你发财到现在的存款？

父亲看了看天，说，是的，一笔存款。最初我们也不知道，是你爷爷临终前才告诉我的。他临终的时候，颤抖着拉住我的手，从枕头下摸出一个存折递给我。他说，我们欠了一辈子债，到最后我们终于有了自己的存款，你呀，拿着它给我活出个人样来。然后你爷爷就断气了。

后面的故事你就别讲了。我知道你拿着那笔存款发了财。我说。我对我的智商从来没有怀疑过。

你就不想知道他究竟留给了我多少存款吗？父亲说。

我的好奇心再次被吸引回来。多少？

父亲转过身，走到自己办公桌前，打开抽屉，从里面小心翼翼地拿出一张存折递到我手中。父亲说，其实这笔款子我一直没用过，至今还存在银行。

我好奇地打开存折，我十分清楚地看见那本用手写体填写的户头上，赫然写着 5 元 8 角 3 分。我猛地一惊。我揉揉眼睛再次凑近存折，上面依旧写着 5 元 8 角 3 分。

这时，我听见父亲用低沉哽咽的声音说，你爷爷说，那是他一生的积蓄，一辈子唯一的一次进银行存款。当了一辈子穷人，我们终于不再穷了！死的时候你爷爷很高兴。或许在你看来进银行存笔钱算不了什么事，可是对一个穷了一辈子的人而言，那是多大的幸福呀！

我的头嗡地响了一下。我突然想起先前那些被自己大把大把随手花掉的钞票，想起那些疯狂而潇洒的日子。看着普通得不能再普通的父亲，那个年近五十岁的干巴老头，眼泪仿佛以往疯狂挥霍般肆意飘洒。

寻 找

闷热！

我站在大街上，看着来来往往的车辆，看着来来往往的行人，心里空荡荡的。这会儿，我的书包越来越重，大概是因为有了里面的那台机器吧。我放下书包，小心翼翼地取出那台机器。它其实并不大，构造看起来似乎也很简单。可是现在我急于找到一种燃料，让这台机器在短时间内转动起来。

老实说，我一直觉得自己的智商可能有问题。同样的教室，同样的老师，同样的课，可每次考试的分数我却总和别人不一样。要说唯一相同的，就是我始终是最后一名。我也想过要考好一点，想过给父母的脸上添一点点喜悦，可是我的成绩总是最后一名。

老师说，你得找找原因。比如，向你的同学陶小毛学习学习，向他取点经。

我其实是个很听话的孩子。我按照老师的话狠狠找了好几天，最后我拔了好几撮头发，终于把原因定为自己的智商有问题。尽管如此，我还是决定向陶小毛学习学习，向他取点经。

或许这是我唯一的希望。

陶小毛的智商其实我认为也不怎么高，甚至有时候我还觉得他傻乎乎的。他学骑自行车学了好几天才学会，而我半天就会了。可是他成绩总是班上第一名。成绩好不是智商高又是什么？

玄！

我是在一个阳光特别放肆的下午拦住陶小毛的去路的。当时陶小毛正小心翼翼地捧着一个盒子，他脸上那两块眼镜片被太阳照得很刺眼。陶小毛的步子很慢，像是在努力地想什么。

站住！我想把自己的出现变得更加文明些，但我的智商却叫我只能这样和他打招呼。

陶小毛不是我想的那么糟，对着阳光，我看见他脸上有笑容。

有事？

有事！

我说陶小毛，你知道我智商出了问题，可你的智商为什么那么好，为什么总考班上第一名。你得老实告诉我，不说我今天不让你回家！

知道啦。陶小毛说，我早知道你会在这里问我，我已经等你很久了。

你怎么知道我会找你？

秘密。陶小毛又笑了笑，笑得有些狡猾。

那你就快说吧。我没什么耐心。

陶小毛这时候变得有些异样起来。我感觉他身上有种神奇的东西在感染着我。他说，其实我们每个人都可以变得聪明起来的，但必须要有我这台机器。

机器？什么机器？

陶小毛就把他手里的盒子递给我，哎，就是这台机器。陶小毛看看周围，然后把嘴凑到我耳朵旁边对我说，你信不信这台机器是一个外星人给我的？外星人说只要谁能让这台机器转动起来，谁就会变得出奇的聪明，智商就会变得特别的高。老实告诉你吧，我成绩好就一直靠它呢。

真有这么神奇？

·骗你是小狗。陶小毛很认真地说。

我连忙睁大眼睛说，你可以借给我吗？要不租给我，或者卖给我？我一旦有了这台机器，再让他转起来，我还担心什么？

可以，当然可以。想不到陶小毛出奇的大方。不过，他愣了一下说，但你现在是无法让这台机器转动起来的，因为它里面没有燃料。你必须亲自找到一种燃料让它转动起来。

你就不能告诉我是什么燃料？

陶小毛说不能，你自己去找吧。说着陶小毛转身就走了。

我赶紧把那台机器放进书包。我决定哪怕今天不回家也要找到这种燃料。

就这样，我走上了大街，开始寻找那种燃料。我首先去了加油站，加了一些汽油在里面，可是那台机器根本没反应。接着我又去了燃气公司，把天然气做燃料，可是机器还是不动。紧接着，我又用了煤、酒精等许多东西做燃料，可是都没能让那台机器转动起来。

我终于有些着急了。我觉得下午的太阳照得特别的热，太热。难道我就真的找不到那种燃料？那么机器就不能转动，机器不转动，我的智商不是永远就这么低？不行，一定要让这台机器转动起来。

我开始尝试其他东西做燃料。我买了瓶水倒进去，机器没反应。我买了瓶酱油倒进去，机器还是没反应。我甚至买了几个包子几块巧克力做燃料，机器仍然没反应。什么破机器！

我实在是受不了了。该死的陶小毛，为什么就不告诉到底什么是燃料呢？我站在街上，想哭。真是气愤，怎么我就找不到这种燃料呢？我觉得越来越热，再这样下去我会热死，急死，气死。

最后，我痛苦地蹲在了街上。我绝望了。看来我是找不到这种燃料了。我端着机器，有种想把它砸掉的冲动。

瘟天，热呀！我心里骂了一句。我感到我已经汗流浃背了。就在这时，那台机器竟然出奇地转动了一下。

转了！我揉了揉眼。它果然动了一下，接着又动了一下。也就是说我找到这种燃料了，我马上就可以变得高智商了！兴奋像岩浆一样迸发出来。可是这究竟是什么燃料呢？

我保持原来的姿势，过了很久我才发现，原来让那台机器不断转动的燃料竟然是我脸上不断淌出来的汗水。每滴一滴汗水，就让它多一次转动。

我的心猛然一撼！我终于找到了让我智商变高的燃料，而它竟是如此简单。渐渐地我的眼睛有些潮湿了。

这时，有人拍了我一把。回头，是陶小毛。

妙 用 男 装

我没想到，新来的女同事涓涓竟然主动找到我说："把你的衣服给我洗吧！"

时间一晃，我到外面工作两年了。这两年里，工作顺心，心情舒畅。可有一件事不怎么理想，那就是自己洗衣服。每次下班后，面对那一大堆实在不能赖掉的衣服，我都望而兴叹。唉，什么时候才能结束这种苦日子？说找个女朋友吧，我认为自己嘴上的胡须还很浅。要想其他人无缘无故帮你洗，除非天上掉馅饼。

现在天上真的给我掉了一块馅饼，而且是一块不错的馅饼。

我睁大眼睛半天没回过神来。你不知道涓涓是一个多么漂亮的女孩子，她虽然刚到单位，可她的人气指数高得难以想象。许多男性献媚她都不理，她怎么会主动帮我洗衣服呢？

涓涓又说："怎么，你不相信？"

我点点头："是的。你怎么会突然帮我呢，难道有什么企图？"

"哪有呀，我是看你自己洗衣服很不方便。你不要我帮就算了。"

我哪里肯错过这么好的机会，管她什么企图不企图，她帮我洗衣服就行了。我赶紧说："好好，真谢谢你了。我下班以后拿给你。"

"这还差不多。"涓涓甩了一个响亮的响指。

于是下班的时候，我毫不吝啬地把我的脏衣服全给了涓涓。涓涓吓了一大跳："这么多？不行。我只帮你洗三套。"说完，涓涓挑了三套衣服逃一样地跑了，剩下我在后面发愣。真怪，既然主动帮我洗怎么又只洗三套？

过了两天，涓涓就把干净的衣服拿回来了。衣服比我洗得干净，而且还有一股清香味。我连忙说："谢谢！谢谢！"涓涓说："谢什么呢？还有吗？我还帮你洗。"我就真有点搞不清楚了，不是只洗三套吗，怎么还帮我洗呢？我说："已经麻烦你一次了，就算了。"涓涓说："那怎么行，既然我已经帮你洗了一次，你就欠我的人情。现在我要你还我的人情，你就必须听我的——再拿三套衣服给我洗。"

我乐了，这也算逻辑呀？要洗就洗吧，真搞不懂她葫芦里卖的什么药。于是我又把衣服给了她。

从此以后，涓涓就经常帮我洗衣服，一次又一次，每次都不超过三套。真让我既幸福又有些模糊。

这天下午，单位放假。涓涓早早地就打电话给我，说到她家去一趟，要感谢我。我真有点莫名其妙，你帮我洗了衣服，还感谢我什么？但涓涓再三邀请，我只好去了。

涓涓和我们公司许多打工妹一样，都是住在出租房里的。我到她家里去的时候，正赶上她隔壁的一户人家在搬家，大概是要搬到别的什么地方去吧。而我也注意到了，我的那些衣服，被涓涓晾在阳台上，远远地就能看见。我到涓涓家的时候，涓涓已经做好了一顿丰盛的饭菜。

我问涓涓："你感谢我什么呀？要感谢的是我才对。"

涓涓说："感谢你把衣服给我洗呀。"

"你挖苦我？"

"不是，我说的是真的。"说着，涓涓拉着我，悄悄地来到门口。"你看。"顺着涓涓的手指，我看到了一个中年男人。"他是我的邻居，他是和我一起搬到这里来的。"

我看了那个中年男人一眼，说："与他有什么关系？"

涓涓说："你没发现他是个色狼吗？我刚来的时候，他每天晚上总找借口来我这里。你不知道我多为难。这时候，幸亏有你的衣服帮忙。"

"我衣服帮了你什么？"

"真是个白痴！我屋里有男装说明什么？自从我帮你洗衣服之后，他就再也不敢来我这里打扰了。"

哈，原来如此。"你是真得感谢我，我愿意一直这样帮你。"我说。

"别高兴得太早。"涓涓说，"你没看见人家已经搬家了吗，这就说明以后我再也不用帮你洗衣服了。"

我听罢，险些晕倒。我的痛苦日子又要来了。

不过，此后涓涓还是在帮我洗衣服，而且不是只洗三件，而是所有衣服。因为涓涓做了我的女朋友。

你们说，这样的女孩我不追她岂不真是白痴？

一杯水的游弋

这是一个温暖的午后，阳光透过窗玻璃，照在洁白的床单上。23 躺在床头，目光呆滞地看着前方。她的头发散乱地披着，苍白的脸一如病床上的床单，干涸的嘴唇上，早已经起了硬壳。

到现在，我也不知道她的真实名字，我们都叫她 23。在我们这家浴场打工的人实在太多，从到这里的第一天起，老板就给我们每个人编了个号。上班的时候，我们的名字就被这些数字所代替。一个人，就成了一个简单的数字。

23 是个四川来的女孩，她年龄不大，只有十七八岁的光景。在我们这批员工当中，她是年龄最小的一个，也是最漂亮的一个。23 说，她高中还没毕业，听老乡说广州挣钱比较容易，就偷偷南下来到这里。23 说，她要努力挣钱，将来挣钱了回家做老板。

23 很在意自己的收入。她买了一个小笔记本，上面密密麻麻地记着她的每笔收入和开销。她常常一身朴素的打扮，连一个几元钱的发夹也舍不得买。上下班，她总固执地走路，从来都不坐公交车。

我们的工作，就是在浴场里给客人服务。浴场里，有一个面积很大的温泉，每天都有来来往往的人到温泉里游泳。而我们就负责给客人照看衣物，在客人游累了的时候负责按摩。

浴场老板是个女的，微微发胖，说话很果断。她对我们的要求很严格，每天她都在对我们讲不可以这样不可以那样，否则会扣工资。在我们面前，她的脸上常常没有任何表情。在她的要求里，我们这些打工妹是不能到那个温泉里游泳的，她说怕我们弄脏了里面的水，客人看见了影响生意。

就在这个月发工资的前一天，23 却偷偷地到温泉里游了一圈。23 说，她在家的时候，经常下河游泳，许多男孩子都比不过她。现在每天看到客人们在冬天也能游泳，她心里有种说不出的羡慕。所以，那天下班以后，看见客人走光了，23 像一尾快乐的鱼，悄悄地溜进了温泉里面。

但 23 没想到的是，刚下水不久，老板就来了。毫无疑问，23 被狠狠批评了一顿。最后老板说，要扣除这个月的工资。

23 当场就哭了。她哀求道，做什么都可以，可是不能扣我的工资呀。要是扣了，我这个月怎么办？

老板冷冷地说，其实也不是扣你的工资，平常客人在我们这里消费一次，就是你一个月的工资，现在你偷偷消费了，就要用你的工资买单你知道吗？

23 急了，她说老板，我知道我错了，你换种方式处罚我好吗，只要不扣我工资，我做什么都可以。

老板看了看 23，说，其实不扣工资也可以，我们这里还有一种制度：谁偷偷下温泉洗澡，就让她在温泉里来回游 30 圈，中途不准停。如果停了，工资照扣。你能吗？

23 几乎想都没有想，说，行行，我愿意接受这种处罚。

23 再次回到了温泉里。我们所有人都被老板叫到了温泉旁边，老板说，你们看好了，只要中途她停下了，工资照扣。

23 开始挥动双臂游动起来。她咬着牙，很矫健的样子，带动着我们大家的目光。所有人都关切地为她数着，一圈，两圈……可是就在第 5 圈的时候，23 的速度慢了下来。很明显，她的体力渐渐下降了。

这个圆形的温泉，直径长达 20 米，对一个十七八岁的姑娘来说，这样来回地游 30 圈根本就不可能。有人喊，23，你行不行呀。不行就快上来。

23 没回答，她的速度越来越慢了，她开始闭着眼睛，用力地挥动双手。渐渐地，她的手也挥动得有些迟缓。最后，23 把头冒出水面，努力地吸了口气，突然间，她猛然沉了下去。

老板这才意识到出事了，慌忙找人下水去救。很快，23 被救了上来，由于她体力消耗过度，又喝了很多水，救起来时已经昏迷不醒。当 23 最终醒来时，她被无情地告知，她游了不到 10 圈，所以工资还是被扣除了。

23 就这样坐在床上，呆呆地，几天都不吃不喝。作为她的同事，这几天我一直陪着她。这个小姑娘，她为什么就那么傻呢？

我不知道她在想什么，更不知道如何安慰她。我接了杯水，默默地递给她。她接过杯子，愣愣地看着，阳光照在她苍白的脸上，她很憔悴。

你看，温泉的形状像不像这个杯子？片刻之后，23 终于对我说了几天以来的第一句话。我是不是连这只杯子都没有游出来？

我点点头，又摇摇头。杯口和温泉有着一样的圆形，但我不知道她怎么会有这样的想象。

我真傻，我们打工的，不管怎么游也不可能游得出这一杯薪水呀！23 说，我要回家，读书！

城市的钥匙

香香要去城里打工。香香想，我一定要真正做一个城里人。

其实，土生土长的香香在此之前一直是个老实的放羊女。香香家穷，穷得让人瞧不起。那些日子，香香觉得，就连自己家的羊也总要比别人家的羊瘦一圈。直到后来香香在放羊回家的路上捡到了一把钥匙。

起初，香香也不知道那是什么。看样子像自己家的钥匙，可是这把钥匙明晃晃的，而且还有四个棱。平日里香香见过的钥匙都是扁平的，哪里见过这样子的钥匙。于是香香就把这把钥匙放进了兜里。香香后来才知道，那是一把城市里所谓的防盗门的钥匙，只有城里人才有的。据说，在城里谁有这么一把钥匙，就说明这个人在城里肯定有自己的房子。有房子那肯定就是真正的城里人了。

香香知道自己捡了这么一把城里的钥匙以后，高兴了整整一天。后来香香把这把钥匙用一根红绳挂在了自己的脖子上，然后用油把它擦得亮闪闪的，很醒目。香香想，让我们村里的人也看看，我和城里也有关系。为此，香香还特意为钥匙找了个来历。香香说，她有个亲戚住在城里，这把钥匙就是亲戚家的，说以后到他们家去方便。

香香为自己找的这个来历也高兴了好一阵子。不管人们信不信钥匙到底是不是这么来的，但香香的脖子上真的有一把城市人才有的钥匙。从此，香香在村子里风光了起来。村里的小伙子开始把目光投向她，平日里那些瞧不起他们家的人也开始和他们亲近起来，就连趾高气扬的村长也开始对她露出微笑了。

香香觉得，自从有了那把钥匙以后，她家里的羊长胖了不少。渐渐地，香香对城市充满了幻想。香香想,要是有一天,我能真正做一个城里人,能用这样一把城里钥匙打开一套自己的房子多好呀。

终于有一天,香香带着那把钥匙去了城里打工。香香想,我一定要有一把真正的城里的钥匙,而且要随时能够用这把钥匙开门。

城市的确是个不错的地方。到达城市以后,香香的眼睛都看花了。天,这里的东西哪一样是乡下可以比拟的?

香香很随便地找了个餐馆打工。然后香香就出去租房子住。本来城里的出租房不少,但香香和很多个房东都没谈来。香香租房子的条件并不高,就是房子的门一定是防盗门,尤其是钥匙,一定要像她脖子上那样的钥匙。香香找了许多个地方,房东拿出的钥匙都是扁平的那种普通钥匙。香香说,怎么你们城里也有乡下一样的钥匙?所以不管房价多么低廉,香香都没和他们谈成。

好不容易,香香终于找到了一家有防盗门钥匙的出租房。为了租这套房子,香香几乎把自己从家里带来的钱全部花在这上面了。当房东把钥匙交给香香以后,香香差点激动得哭了。等房东一走远,香香立刻把门关上,然后用钥匙赶紧把门打开。打开以后又关上,然后又打开。这样反复试了好多次以后,香香才到屋里微笑着睡着了。

从这一天以后,香香的脖子上就挂了两把城里的钥匙。香香每天上班都精神抖擞,香香就觉得自己是个城里人了。只要一有空,香香就往自己的出租房里跑,然后用钥匙开门,再关上,又开,又关上……这样重复好多次以后才走开。

有一天香香上班的时候又跑回去开门。再来的时候,老板却板着脸告诉她,你被辞退了!老板说,我真搞不懂,你上班怎么老往自己的房子里跑?

香香一分工钱也没拿到。本来香香很沮丧。但回到家时,看到那扇门香香立刻就高兴了起来。她又拿出钥匙,像城里人一样自在地用钥匙打开门,然后关上。又打开,再关上。香香发现,自己竟然对这个重复的动作有了瘾。每次开门的时候,香香都觉得自己是个城里人了。

但香香没想到,第二天房东就把香香赶了出去,因为香香没有钱继续交房租。香香恋恋不舍地把钥匙交给房东的时候,香香哭了。

这天晚上,一无所有的香香走在城市的大街上,心情坏到了极点。城市里人来人往,香香却不知道自己要去哪里,去做什么。香香坐在天桥上,摸到了自己当初捡的那把城里的钥匙。因为很久没用过，钥匙上已经有了些锈迹。香香把钥匙拿出来，小心地拂拭着。香香想家，想爹和娘，还想自己放过的那些羊。可是香香更想用这把钥匙在城里打开一道门。

渐渐地，香香的眼睛模糊了。渐渐地，香香又有了开门的冲动。香香看到，自己面前就是几幢高楼。高楼里，每一道门都是严实的防盗门。但香香不知道这把钥匙究竟能打开哪道门。

突然，香香走下天桥，向其中一幢走去。香香拿着那把生锈的钥匙，从一楼的第一道门开始，把钥匙摇进去企图把门打开。可是不管香香怎么试，她手中的那把钥匙根本就打不开任何一道门。

我就不相信，我总会打开一道门的！香香有些愤怒了。边说，她依旧不停地试着。

你在干什么？抓小偷呀！香香的耳边突然响起一声大吼。

我……香香惊慌地抬起头，来不及解释什么，一群人就迅速将她淹没。接着是越来越近的警笛声。

一只土碗

这是在先生家的客厅，青年和先生相对而坐。

青年西装革履意气风发，从头到脚都是用钞票包装起来的名牌。他的面前摆着一只土碗。碗毫无特色，是在乡下随处可买的那种，做工粗劣，而且还有几个缺口。先生微眯着眼睛，从规则的圆形眼镜片里透出一道专注的目光。先生端着碗，反复端详着，片刻之后，才小心地将碗放下。

没错，这就是我当初准备花十万元买下的那只碗。先生说。

青年呵呵地笑了笑，然后又搓了搓手说，现在，现在五万元我就卖给你，如果你真想要，价格还可以商量。

哦？先生偏了偏头，有些吃惊地看了看青年。你想通了？

先生是这一带的名人。先生饱读诗书，满腹经纶，其为人为文在这一带几乎家喻户晓。三年前，先生被一所大学热邀去搞讲座。先生历来为人低调，讲座开始前先生谢绝了校方前来迎接的专车，一个人徒步来到学校。先生喜欢这种一边欣赏风景一边思考问题的生活方式。路过食堂的时候，一个学生和先生撞了个满怀。端在学生手里的碗顿时落到地上，碗里的饭也撒了一地。

先生连连说对不起，并蹲下身来捡那只碗。但这时，先生愣住了。先生看见，落在地上的竟然是一只土碗，庆幸的是碗并没有破，但碗的边缘却摔了好几个缺口。先生早年当过知青下过乡，他知道除了偏远的乡下外，城市里是没有人用这种土碗的，更何况是在这充满前卫和时髦的大学校园。

先生抬起头，他发现这个端土碗的学生格外清瘦。高高的个子却穿着极不合身而且破旧的衣服。看见先生的目光，他连忙退了一步，但马上他就迅速拿起那只碗怜爱地抚摸着碗上的缺口。先生发现，这个学生的眼睛顿时有些红了。

先生站起身，想对这个学生说点什么，但学生转眼就跑开了。先生的心似乎被什么东西扎了一下。

先生的讲座很成功。讲座结束之后先生并没有离开。他想起了那只土碗和土碗的主人。经过努力，先生好不容易打听到了那个学生的一些信息。这个学生和先生想的一样，来自乡下，家里的经济条件十分不好，一直是学校里帮扶的对象。而他手中的那只土碗，从进校时就在使用。他是学校里唯一一个使用土碗的人，这几乎成了学校里的一道风景。

最后，先生找到了那个学生。先生说，对不起，是我摔坏了你的碗，我想看看你的碗摔成什么样子了？

学生就把碗递给了先生。

先生拿起碗仔细看了看说，这碗，已经破了几道口子，我看我干脆赔你一只碗好吗？

学生摇了摇头说，你以为你赔得起吗？

哦？先生吃惊地看了看学生。看来你已经知道了，那我就实不相瞒了，你这只碗的确是只价值不菲的古董，说吧，你要多少钱卖给我？

你看走眼了，这只是我们家吃饭的碗，学生说。但你出多少钱我都不卖，这是我上学时我爹亲手交给我的，爹说，看到这只碗我就知道自己是个山里的孩子，就应该努力学习。为了给我找学费，爹的腿……

先生的眼睛一亮。先生说，这明明就个古董嘛，反正你也需要钱，我出十万卖给我？

我说了，你出多少我都不卖！最后学生转身走开，只留下先生一人在风中沉思了良久。

一晃三年就过去了。这三年里，先生一直惦记这个学生，先生每学期都会匿名给这名学生捐助全部学费。但先生没想到，三年后的今天，当年的那个学生，也就是现在坐在先生面前的这个青年竟然会主动找到先生，要把那只土碗卖给先生。

先生问，你真想通了？

青年笑了笑说，我早就想通了，现在钱才是最重要的，有钱什么都好办了。还真谢谢您，三年前您要以十万的价格没买走我这只碗的消息传出去以后，有不少媒体报道了我的故事，我收了不少捐款。不过那些钱只够我读书用，现在我大学毕业，这不差点钱找工作嘛，所以我就想到了您。

那你爹的腿？先生问。

老样子，医生说治不好。我爹听说有人愿意出十万买我的碗我没卖，狠狠打了我一个耳光，还差点不认我这个儿子，我今天来您这儿，也算是他的意思。您看，这碗……

先生又端起碗，端详了片刻。先生叹了口气说，老实说，你这碗其实就是一只土碗，一开始我就知道它根本就不值钱。不过，既然你今天来了，我还是愿意出一万元买下它。接着先生就从抽屉里扔过去一叠钱，说，送客！

青年高兴地收下钱，接着起身。转身之际青年马上又站住了。我想问问，既然你一开始就知道是一只平常的土碗，为什么还会出高价买下它呢？

我当初出十万元是为了买一种精神，现在出一万为了买一份教训！先生并没抬头，只一挥手那只土碗顿时在地上撞得粉碎。

脆　弱

　　村主任想到了逃避。他决定在一个不为人知的夜晚离开村庄。他早早地收拾好自己的包袱，等待着那一天的到来。

　　这个村庄是村主任的出生地。他爱这个村庄，甚至胜过爱自己的家。当初，老婆带着孩子搬到城里去做生意的时候，村主任却执意留了下来。为了村里的工作，他现在和老婆几乎成了仇人。老婆不理解他，孩子不理解他，以前他都觉得无所谓。而现在，村里的人也不理解他。他的精神世界几乎崩溃了，所以他决定离开。去哪里？他自己也不知道，反正去一个没有人认识自己的地方。

　　村子里的变化，是钻井队到来以后才发生的。钻井队高高的铁架架在村子中央的时候，村里人都知道了一个振奋人心的消息。在村子的下面有一个气矿，这个气矿是全国储藏量最大的天然气产地之一。

　　钻井队的工人们不断地钻探，也在不断地征用土地，所以村里的矛盾也就在这时产生了。几乎每一天，村主任都得陷入不断调解的矛盾中。今天是村里的张大叔不让钻井队开钻，说给自己的土地的赔偿太少。明天是李大叔和张大叔之间的矛盾，说张大叔收钱的那块地本来是他的，那个钱应该归他。后天还说不准是王大娘找钻井队麻烦，说机器的声音太吵让自己睡不着觉。总之，村主任发现，不知道怎么回事，村里人相互之间，村里人和钻井队之间都有着巨大的矛盾。

　　很多次，为了一点小事情，村里的人还打架，每次都打得鲜血直流，而且还要扬言放倒对方。

　　村主任就不停地在这些矛盾中周旋、调解，可是他并没有得到村里人的理解。他不断听到有人当面说他偏心，说他贪污。有一天，有人生气地对他说，你连自己的老婆孩子都管不好，还来管我们？村主任的心被深深刺痛，所以他决定离开。但村主任不想回家，回到城里的那个家，除了吵架还是吵架。他和妻子之间有矛盾，很深的矛盾，就像村里许多人之间的矛盾一样不可调解。

这天晚上月光格外明朗。村主任从村子出发的时候，整个村庄几乎安静了下来。村主任其实很喜欢这种静谧和谐的环境。但是他知道，只要天亮了，只要人们醒着，这个村里处处都是矛盾，处处都是仇恨和谩骂。村主任是爱这个村庄的，他走得有些依恋，走得有些无奈。一切都安静了，只有那口高高的井架还在轰轰地工作。

村主任是第二天凌晨赶回村里的。他没有走多远，一个可怕的消息像磁铁一样将他吸了回来：昨天晚上，村里发生了井喷，几百人生死未卜。他赶回村里的时候，村口已经拉上了封锁线，许多警察戴着防毒面具也不能进到村里面去。空气中浓浓的臭味像死神的味道恐怖而神秘。

他控制不住内心的冲动，他强烈要求进到村子里面去。在他的多次恳求下，搜救人员终于同意让他戴着面具带他们进去搜救。

他再次走进那熟悉的村里。可那是多么可怕的一幕呀，在这片熟悉的土地上，到处躺满了乡亲们的尸体：田地里，水沟里，那些先前他们劳作、他们争吵的地方……在一个院子里，推开门，地上竟然趴着十一具尸体。而这十一个人的手都向着同一个方向伸着，伸向那个有着生命的方向。在路边的一棵小树上，一个婴儿的尸体挂在了上面，她的母亲在树下睁着希望的眼睛。在一条水沟里先前矛盾最大的王大爷和李大叔，竟然是手搭着手倒在了一块。在井架附近，一个石油工人正用手卡着自己的脖子，他倒在地上的样子极像在拼命地呐喊……

村主任哭喊着，几乎没有力气站起来。他不相信，一夜之间，肆虐的毒气竟然让这么多人倒下。他不断扑倒在他们的尸体上，一边回忆着这些熟悉的面孔原来争吵时的样子，一边摇晃着他们说，站起来呀，你们站起来呀，和我吵，打我骂我都可以，我求你们站起来呀。

这次可怕的井喷一共夺去了二百四十三条活生生的生命。当这些尸体一具一具被抬出来的时候，不断有家人来认领尸体。那悲壮的场面，几乎在每个在场的人的脑子里都烙上了永生不忘的痕迹。他站在那些熟悉的尸体旁，泪水早已经流干，他甚至不知道用什么情感来表达自己此时的感受。

就在这时，一双温暖的手用力地抱住了他。同时，伴随而来的是一阵大哭。他低下头，看见妻子蓬头垢面地扑在自己怀里。妻子呜咽着，你怎么也不打个电话回来，听说井喷了，我连家里的门也没关就上来找你。他抱着妻子，几年以来第一次这样抱着，幸福感莫名其妙地涌上来，他说，我不是还活着吗？

那次刻骨铭心的灾难之后，他依旧回到了村里当村主任。但此后村里的人都很友好，很少有人发生矛盾。而他和妻子尽管离得有些距离，但感情很好，两个人天天都要通上好几次电话。每次遇到别人发生矛盾，他都会神情凝重地说，能活着多好呀，干吗还要吵吵闹闹？

皮小毛害怕什么

我在一个有气没力的下午去找韩晓晓。我此行的目的，是想弄清楚这个赤手抓住逃犯皮小毛的英雄为什么能那样轻松得手。在此之前，我的领导老牛曾跺着脚指着我的鼻子说，你，一个堂堂的人民警察，你和你的同事们抓了几年都没有抓住的逃犯怎么在人家手里那么轻松就抓住了？你必须给我弄清楚！

韩晓晓这个人似乎很不好找，经过多方打听，我才在一条马路边上看到一个满脸灰尘，此刻正佝偻着身子认真补着一个大轮胎的老头。别人介绍说，那就是韩晓晓。

我着实吃了一惊。太不可思议了，就是这个老头抓住的皮小毛？

这几年以来，皮小毛一直是我们这个地区人民的一个噩梦。他偷盗、抢劫、打架几乎无恶不作。他就像一个"土皇帝"一样在这块土地上为所欲为。老百姓听到他的名字都吓得打哆嗦。更让人为难的是，尽管我和我的同事们一直在逮捕他，可是他像一只狡猾的老鼠一样一次又一次从我们的枪口下逃走。甚至有一次，他还大胆地给我的同事递了支烟，待我同事接过烟后发现是皮小毛时，他已经消失得没有踪影。然而，前不久皮小毛竟然被眼前这个老头给逮住了。

当时皮小毛劫持了一辆公交车。他拿着明晃晃的刀，要车上的每个乘客掏出自己的钱来。我是皮小毛，老子没有钱用了。他说，听到皮小毛的话以后，乘客们马上战栗着拿出自己的钱。就在这个时候，韩晓晓上车了。因为被劫持的车上的情景韩晓晓看得很清楚，韩晓晓就从车窗跳进车里。

本来韩晓晓的出现并没有给皮小毛带来什么威胁，皮小毛甚至还很生气地挥着刀对韩晓晓喊道，你找死呀老头，把钱拿出来。

这时韩晓晓就拿出了一样东西。韩晓晓走近皮小毛，只把这样东西给韩晓晓一个人看了。然后所有人都看见皮小毛战栗了起来。韩晓晓说，趴下，把手给我举起来。皮小毛就赶紧把刀扔掉，自己举起了双手。就这样简单，皮小毛这个久经沙场的逃犯落网了。

是什么东西让皮小毛这样听话的呢？这成了我们所关注的问题。有人传说韩晓晓原来是个部队里的将军，后来不知道为什么就到这里补鞋来了，说不定他给皮小毛看的是什么秘密武器呢。

我走近韩晓晓，然后给他递了根烟。我说，大爷您好，我是公安局的。

韩晓晓接过烟，并不说话，接着扔过来一个凳子示意我坐下。然后他用他那双几近灰色的眼睛打量着我。半晌，他说，有什么事吗？

也没什么大事，就是皮小毛的事。我想知道您是用什么方法制服皮小毛的。我想，这对我们今后的抓逃工作会很有用。

那哪能算个事呢？韩晓晓说，说到这里我很脸红。许多人都问过我这个问题，但我说的答案几乎没有人相信。我只是找了一样让皮小毛害怕的东西，他害怕了就得听我的，对不对？你猜猜是什么东西吧。韩晓晓说，边说，他继续拿起手中的轮胎，专心地补起来。

皮小毛怕什么呢？我犯了难。枪？不可能，多次我们用枪对着他他照样我行我素。刀？更不可能，皮小毛的身上有多少条刀疤恐怕他自己也不清楚，难道他还害怕多那么一条？会是什么呢？皮小毛怕什么呢？我实在是想不出来。

韩晓晓这时站起身子。他补轮胎的地方有一棵大树，韩晓晓走到大树旁边，然后直起身子摘了一片树叶给我。你想不到吧，我用的就是树叶上那玩意儿。

我接过那片树叶，心里有种特别失望的感觉。那片树叶上，竟然贴着一条毛茸茸的毛毛虫。难道，一个如此穷凶极恶的歹徒就是被一条毛毛虫给吓住了？不可能，根本不可能！

怎么样，你也不相信吧。韩晓晓说，每个人来问我我都告诉他我用毛毛虫把皮小毛逮住的，可是一直没有人相信。我当过兵，不喜欢撒谎的。韩晓晓又说，其实不管你用什么，关键是要让皮小毛害怕，他害怕了就会听你的是不是？

这个道理我明白。我说，可是我真不相信皮小毛会害怕毛毛虫。

我也是无意中发现的。有一天皮小毛从我面前路过，刚好一条毛毛虫掉在了他的脖子上。你没见他当时的样子，几乎昏过去了，全身直哆嗦。开始我也不理解，后来我明白了，也许有的人不怕刀枪甚至死亡，但他就会怕一条毛毛虫。韩晓晓说。

我将信将疑地看着韩晓晓。此刻，他把心思又放在了补轮胎上。他从一个大轮胎里用力拔出了一个东西，他说，你看看，这么大一个轮胎，就是让这样一颗小铁钉给扎破的。

正说着，韩晓晓突然站起身来，提起他的家什撒腿就跑。

站住，谁叫你在马路边摆地摊的？我扭头一看，远远地有几个大盖帽正向这边走来。

我豁然开朗。

我把王小洋弄丢了

有一天下午，我突然想起了王小洋这个人。

在一段时间里，王小洋对我来说是个很重要的人物。我不知道王小洋住在什么地方，也不知道他是做什么工作的。我认识他是在一个酒吧里，我被几个小混混包围着的时候，他站了出来。他站出来后，那几个小混混就不敢再站出来了。后来他就留给我一个电话号码说，兄弟，有事叫我就是，我叫王小洋。后来的后来，我请王小洋吃了顿饭，他又请我吃了顿饭，一来二去，我们几乎天天要打电话，天天要见面，他就成了我两肋插刀的哥们儿。在与王小洋的交往中，他还把他的朋友，如张大洋、李二洋、赵三洋等都介绍给我，也成了我的哥们儿。

前一段时间，由于忙工作，我一直没和王小洋联系了。奇怪的是他也没有和我联系。所以就有很长一段时间没见面，我不知道他在做什么，他也不知道我在做什么。现在，我突然想起了他，我觉得必须要和他联系一下了。

我拿出电话，但马上我就发现了一个可怕的事实。我的电话簿里居然没有存他的电话号码。我想起来了，最初我们认识后，由于天天联系，我把他的电话号码烂记于心了，所以就没存。可是现在我却一点也记不起他的号码。

没有了他的电话，我要怎么才能联系到王小洋呢？

我想了又想，我决定找王小洋的朋友张大洋问王小洋的电话号码。幸好我的电话里有张大洋的号码。拨打张大洋的电话他却停机了。于是我又拨了李二洋的电话，但是李二洋的号码不知道怎么变成了空号。最后，我终于拨通了赵三洋的电话。

我说，赵三洋，你快把王小洋的电话号码给我说一下，我联系不上他了。

赵三洋说，什么，你联系不上他了吗？我这里没有他的号码呀，我刚换了手机，以前的号码一个也没有了。

那怎么办，王小洋是一个很重要的哥们儿，我们不能和他失去联系呀。你看，能不能想别的办法找到他？我说。

我也没有办法呀。赵三洋说，你问了张大洋、李二洋他们没有？他们也许知道。

我说问了，一个停机，一个成了空号。

你知道他的单位吗？问问他们单位不就知道了？赵三洋说。

对呀，这是个不错的主意。但是马上就被我否决了。我和王小洋认识那么久，从来没有问过他在什么地方上班，做什么工作，我怎么知道他的单位呢？

你知道他的家庭住址吗？可以直接去找他呀，赵三洋再次提醒我。

不知道，连他是住在县城还是乡下都不知道。

你知道她老婆的名字或者单位吗？

不知道。

你知道他的 QQ 号码或者电子邮箱吗？

不知道，从来没见他上过网。

你知道张大洋、李二洋等人的家庭住址、工作单位、老婆名字、QQ 号码吗？

不知道，和王小洋一样，我一概不知道。

赵三洋说，这些资料我也不知道。所以我帮不了你了。说完，赵三洋就挂了电话。

我听着电话里的嘟嘟声，心里立刻感到了难受。王小洋和我曾经是那么近的哥们儿呀，他帮过我，我们还经常在一起吃饭、喝酒、聊天。我甚至现在还很清楚地记得他的模样、动作和笑声，似乎他就在我眼前，但又远在天边。我发现，先前除了电话号码外，我对他的其他情况一点也不知道。电话是我们俩友谊的唯一桥梁，现在这桥断了，怎么办？

接下来的日子，我去了我们以前经常去的那家酒吧，酒吧老板说有很长时间没有看见他了。我给老板留了个电话，看到王小洋后叫他给我打电话。我拨打

114 查询过，也把我以前的通话记录调出来过，但我就是没有找到王小洋的电话号码。我只好把我的电话 24 小时开着，焦急地等着，或许王小洋要给我打个电话过来呢？但是，我一直没有等到王小洋打来的电话。

最后，我想到了登寻人启事。但是，我没有王小洋的照片，我不知道他的年龄、身高和体重。报纸上只登出了一句话：王小洋，男，青年，你的朋友刘四洋请你与他速联系。寻人启事登出后，王小洋依旧没和我联系。

我终于着急了，为什么他就不打个电话过来呢，这么久了他也不联系我，是不是他出什么事了？一个活生生的哥们儿，怎么突然之间好像就从我身边消失得无影无踪了呢，我找不到他，其他人也找不到他？我越想越可怕，简直太可怕了。

不得已，我想到了报警。一个人从我的生活里消失了能不报警吗？我一口气跑进警察局，我对警察说，我的朋友王小洋不见了。警察马上一脸严肃，认真地向我询问起这起"离奇失踪案"的详细情况。但是最后，他很失望地说了一句话：你不就是丢了他的电话号码吗，怎么说成是他被弄丢了呢？你把我们这里当成专门替你找人的吗？

我想了想，无言以对。但，王小洋的确从此就从我的生活里消失了。

湖北省作家协会会员。迄今在《小说选刊》《青年文摘》《新华每日电讯》等国内外几百种报刊发表小小说、散文、报告文学 280 多万字；获市级以上文学奖 50 多次，百多篇作品收入国内外权威选本。已出版小小说集《阳光下盛开的青春》《儿子的旋律》《轻轻画掉了的名字》《生命因放生而美丽》和报告文学集《一路风尘一路歌》近 10 本书籍，《阳光下盛开的青春》荣获 "冰心儿童图书奖"，三次再版。《儿子的旋律》入选《中国小小说名家档案》百部小小说名家出版工程，小说散文集《生命因放生而美丽》收入 "相约名家·冰心奖获奖作家作品精选"。

李国新卷

雾雨峨眉

自古"蜀国多仙山，峨眉邈难匹"。我早就被"峨眉天下秀"的旖旎风光所诱惑，这一愿望终于实现。

金秋十月的一天下午，暮色降临，旅游车驶进开往峨眉的山道，沿路绿树成荫，暮霭迷漫，汽车绕着山道环行。

坚挺的岩石，潺潺流水的山泉，从车前掠过，远山朦胧，汽车缓行；乳白色的雾渐渐裹住若隐若现的山峰；山风钻进车窗，清凉、爽目；参天的树木，竖起长长的绿墙；已近深秋，别有一番春意盎然的风光。

我在半山腰的一家旅馆下榻。翌日凌晨4点，实指望去观赏金顶的七彩佛光，哪料天公不作美，下起蒙蒙细雨，只得随车直奔雷洞坪。

天未亮，漆黑的山峰，黑乎乎的一片，车在山道盘旋，隔窗可见细细的水珠，可见远处的灯火。

虽是雨天，上山的车可不少。进得山门，天快亮了，群山显露模糊的轮廓；山间羊肠小道，崎岖陡峭，峰回路转，奇岩矗石，古树奇姿，车在上面如履钢丝，心提到嗓门上了。

天渐微亮，透过车窗，细水纷纷，山雾朦胧，山崖、绿树、溪水、虫鸣在雾中晃动。车到雷洞坪，天已大亮，千山初醒，雨雾遮目，不少山民租借棉衣，更有抬滑竿的山民殷勤吆喝。

下车后，细水挟着冷凉，滑进颈脖，有凉丝丝的感觉，细雾拂着脸颊，好比一只柔嫩的手，轻轻摩挲。

顷刻，全身上下缀满晶莹的水珠。上接引殿坐索道，要走 20 分钟的山路，曲折通幽，拾级而上；山道弯弯，细雨沙沙，飞雾飘洒，石阶湿漉漉的；山中古柏森森，溪流潺潺。

上接引殿后，爬上金顶要个把小时，而乘空中索道只要 5 分钟。峨眉山索道是一条现代化往复式客运索道，起站接引殿海拔 2540 米，止站金顶，中间无支架。据说是我国海拔最高、单跨最长、坡度最大的一条高山架空索道。坐在可容 40 人的车厢里，隔窗瞰群山，只见白茫茫、雾茫茫，什么也看不清，雨雾好比一只特大的白布袋，群山被装进去了，难识真面目。5 分钟好快，眨眼到了金顶，顿感冷风凛凛，雨雾浓重，手一伸，就可捞出一把雨水。一看手表，模糊的时针指向 7 点 50 分。照相的、耍猴的、叫卖的、烧香的、旅游的，熙熙攘攘。

每个人的身上、头上、脸上，挂满细碎的雨珠，十米开外看不见人，只是雾，飘动的雾。雨雾又似一张大网，网住了金顶，峨眉山被整个罩没了。顺着人们的脚步，依次向金顶高处攀登。此时，金顶殿堂响起洪亮的诵经声，波及苍穹，在雾的海洋上扩散，把人带入那虚无缥缈的仙宫。涉履寺宇，一尊高大的普贤塑像映入眼帘，不少香客顶礼朝拜。站在云浓雾密、苍苍莽莽、高出"五岳"、直插云端的峨眉金顶之上，置身于茫茫云海、飒飒冷风之中，摒弃杂念，似有超凡脱俗之感，心像插上飞翔的翅膀。蓦然，我嗔怪这恼人的雨，缠绵的雾。——不见日出地平线上冉冉升向天空，红霞流光溢彩；——不见云静风清白色的云层之中射出七彩佛光，普照祖国大好河山；——不见蓝天白云下从山麓到山顶重峦叠嶂、沟深壑幽、紫烟缭绕的气象万千；——不见登高望远，沃野千里，江河横流，大千世界的千姿百态。这雨，这雾，是大自然的另一种颜色。这雨，这雾，是大自然的另一种珍品，正尽情挥洒，在装点峨眉山，给峨眉山增添了灵秀！是啊，雾雨峨眉，有如美女的面纱，给峨眉山增添了一种神秘、隽永；雾雨峨眉，恰似余音袅袅的一首歌，使人难忘、回味、咀嚼，联想一种美丽的境界；雾雨峨眉，是一种美，是另一种风景！哦，峨眉山，有机会我还要拜访你！

乡 村 一 夜

那年腊月初八，是我和梅完婚的日子，冬天的阳光格外温柔。

婚事定在农村老家。那段时间快当新郎官的我没有到镇上上班了。新式床、虎脚柜、五屉桌都打好几年了，还没做油漆；电视机已经看了年把时间，是当地蛮时髦的 9 英寸"凯歌"牌的；房子里青砖红瓦，地上没有铺地坪，房中被爷爷端土填得平平整整。婚房设在东厢，红色塑料袋铺就顶棚……我是家中的独儿子，父母巴望儿子早点成家立业。

离婚期还有几天了。我和梅专程到沙市买回一台音箱，用自行车驮回来，天色就黑了。吃罢晚饭，我和梅来到东厢房，新式床和柜子、桌刚上了漆，黏糊糊的。当我和梅愁那夜怎么办时，爷爷和奶奶脸上含着笑，抱来两捆稻草，铺在房里一角，上面还铺了一床棉絮，又罩上洗得干净的垫单，放上一床厚厚的棉被。

我望了一眼梅，她不好意思地垂下头。

梅是村里公认最俊俏的女孩，我能娶上她算我的福气。梅有 1.68 米高个儿，苗条婀娜，泉水般滢澈的眼睛里，含蓄着柔和的光亮。我呢，傻乎乎地盯着她看，整天乐呵呵的。

过会儿，奶奶悄悄推门进来，手里托着一个胖乎乎的大枕头，意味深长地一笑，朝地铺上一抛，就含笑离开。

我又望眼梅。梅的脸通红，在柔和的灯光映照下，娇艳迷人。

天渐晚了。我大着胆子上前，想解梅的扣子。梅娇嗔地用手点我一下，下巴朝房门示意性地点了一下。

　　哦，原来，房门是虚掩的。我连忙去关门，就听见门外有慌乱的脚步声。我瞬间一下想起几月前的一件事。那是我接梅来家里玩。晚上，梅一个人睡东厢房，我和几岁的幺妹睡套间。血气方刚的我怎么也睡不着，半夜里悄悄捅开东房门，摸到梅的床旁，颤抖着对梅说，你怕不怕，我来跟你做伴。梅一惊，说，不怕，你走开。我嬉皮笑脸地动手去摸梅的腰带，谁知梅早有防备，已打个死结，算我扑空了。

　　正当我和梅扯扯拉拉时，幺妹醒了，迷迷糊糊地喊哥你在哪里？我来不及穿鞋，光着脚丫仓皇滑回套间。第二天，梅嗔怪我，说我是"土憨巴"（一种鱼）摆尾巴——"闷滑"！还只有几个月了，都等不得了，馋猫！这时，梅不避我，羞答答地宽衣……这夜地铺好暖和。

钥　　匙

读小学三年级的儿子放学回家，颈下吊挂着一个线串的钥匙，一脸笑容。

我调侃他，么事这么高兴，你当班长了？

儿子不好意思地笑笑，摇摇头。

没当班长，总该是弄了个组长当了吧？

儿子又摇摇头。

那你胸前的钥匙？

儿子说，是组长交给我管的。

我有些不理解，就笑儿子，还以为你当班干部了，原来是个管门的，还蛮威风哩。

儿子显得有些不自在，就用小拳头轻轻擂我的背。

晚上，儿子7点钟就睡了，比以往睡得早，衣服叠得整整齐齐地放在枕边。

我和妻子在看电视，但快到零点时，儿子猛从被窝中跃起，口里讷讷说，迟到了，我要上学了。

我笑着把他按进被窝，说睡吧，上学还早呢。

儿子问，几点了，我说才零点，儿子才又入梦乡。

大约在下半夜，儿子懵懵懂懂又爬起来，又喊爸爸，亮了吧？

我揿亮灯看表，还只是凌晨3点钟，就对他说，放心睡吧，亮了我喊你，保证不误你去开门。

大约6点钟，儿子悄悄起床，上学去了。

儿子在管班上的钥匙之前，最爱睡懒觉，喊都喊不醒，常常因快迟到连脸都顾不得洗。儿子管了两天的钥匙，害得我也提心吊胆睡不着。我叫他不管了，干脆把钥匙还给组长，图以后睡个安稳觉。

儿子有些不理解我，眼神流露出失望和困惑，但还是恋恋不舍地交了钥匙。

后来，儿子一觉睡到天大亮，几乎每次都是我催他起床上学的。

铁 匠 二 爷

二爷是我爷爷的二弟，是个铁匠，打得一手好铁，在镇上数一数二，被人们称作"铁匠二爷"。二爷比我爷爷个头还要高，走路生风，声洪嗓大，两颗拳头比 20 磅的铁锤还大。15 岁那年，二爷跟镇上的拳师跳了几年场子，调皮捣蛋的地痞流氓不敢跟二爷交手，一听二爷的大名就闻风丧胆。

听我奶奶说，二爷 18 岁完婚，二奶奶生得秀气。新婚那晚，二奶奶吓得哭了半夜，天一亮，乘我二爷还在酣睡，红肿着眼回了娘家。娘家兄弟多，以为姊妹受了二爷的气，个个摩拳擦掌，要来揍二爷一顿。二奶奶红着脸告诉娘，说一见二爷"那东西"就怕。没过几天，二爷在一个月黑风高的夜晚，悄悄摸到二奶奶娘家，连人带被子将二奶奶扛回来。一段时间后，苦尽甘来，二奶奶和二爷如胶似漆。

在我大爹呱呱坠地那时，镇上开进一小队日本人，占领了镇上的一所学校。日本人为了巩固地盘，修起碉堡，喂起了几条凶残的狼狗。

自日本人来后，二爷每晚打扮利索地出门，很晚才回来，每当我二奶奶问他，他只哈哈地笑，那笑声响亮，街上的人都听得见。

有天，一个叫龟田的，牵着一条狼狗，带着几个鬼子，闯进了铁匠铺。"你的，什么的干活？"龟田说着生硬的中国话。

"打铁的！"二爷冷冷地回答，抡起大锤直朝烧红的铁片上砸去，火星子四处飞溅。

"这个，你的干活？"龟田拿出一把雪亮的钢刀。原来，自日本人进镇以来，有好几个鬼子被人用这刀捅死，然后抛尸荒野，吓得鬼子们深夜连尿也不敢出来撒了。

"是的！"二爷的铁锤抡得更带劲了，龟田下意识地退了一步，那狗也退了一步。"下回，刀的不准打，不听，死啦死啦的！"龟田气得恶狠狠地叫嚷，又退了一步。

"打铁人就得要打刀！"二爷理直气壮地说，铁锤抡得山响。

有天，二爷正在赤胸裸背打铁，我爷爷急急地跑进来，上气不接下气地说："老二，那个龟田要抢春花，快把春花的爹打死了！"

二爷扔下铁锤，三步并着两步，把我爷爷甩了好远，很快来到东街。龟田一手牵着那条狼狗，一手抡着皮鞭狠狠地抽向一个中年汉子。那汉子被打得遍体鳞伤。哭哭啼啼的春花被两个鬼子五花大绑着。"住手！"二爷的声音不啻于一个晴天霹雳，把龟田震得一惊，人和狗不约而同地退了一步。

"你的，小子的，不怕死的！"龟田那双阴毒的眼，死盯着二爷，嘴朝狼狗一示意，那条不知死活的狗冷不防就朝二爷扑来。二爷身子一蹲，猛地一拳，狼狗被击得飞去一丈多远，摔在地上哀嚎几下，就不动了。

我爷爷看得最清楚，那条狼狗的脑壳被打得粉碎。龟田见死了狼狗，疯了似的朝押春花的两个鬼子兵吼："你们统统的，给我上！"两个鬼子兵恐惧地端着带刀的枪，朝二爷逼来。二爷弓侧着身子，双拳摆出格斗式，人影一晃，一个鬼子的枪被缴了，脸上挨了一拳，跌在地上呻吟。另一个鬼子的枪没刺来，人被二爷抓小鸡似的提起，连人带枪一起被抛向丈远的一块石头上，顿时，一命归西。

龟田慌了，战战兢兢掏出短枪，悄悄地对准我二爷开了一枪。顿时，鲜血从他左胸汩汩流出。

"哈哈哈，小鬼子，我怕你！"二爷的身子只晃一下，就又冲上来，可龟田的枪又响了，这下打在二爷的肚子上，鲜血又从他的肚子上汩汩流出。"哈哈哈，小鬼子，让你尝尝铁馒头！"二爷的身子又晃了一下，人却闪到了龟田面前，左右就是两拳，龟田被揍得瘫在地下，一声不吭。突然，街上响起号子声。大批鬼子来了。

人群一下惊散了。我爷爷扶着满身是血的二爷回到铁匠铺。当夜，二爷的床上被血染得通红，和铁匠铺炉膛里的火一样红。

殉　　葬

香娘，个高，体胖，天庭饱满，声洪嗓大。如果穿花哨些，远点看，不像50岁，再抹点胭脂，说30岁也不过分。

香娘不满14岁开始做"大人"，男人黑瘦且矮小。婆家穷。新中国成立后，香娘当了干部，英姿勃勃。

男人在她动员下参加了"志愿军"，可没去一年，老天爷照顾他，炮弹把个脑袋瓜子轰出了点毛病。香娘能说会道，顶呱呱的，又是村干部，整天南里北里地跑，男人管不了，索性要求进步，入了党，和婆娘形影不离。

男人没文化，讲话啰嗦，且爱出风头，常出洋相，使香娘抬不起头，经常拌嘴。不少人劝说香娘去离婚，香娘也动摇了，可偏偏肚子有货了，叹息不已，回家做了主妇。男人好喜欢。

香娘爱说爱笑的性格，男人看不惯，明察暗访，不见蛛丝马迹，但越是没证据，疑虑积深。男人变得好吃懒做，把一切气发在婆娘身上：婆娘害了他！就因为婆娘太标致！男人瘦了。男人巴望岁月快过去，偏不如意，自己又老又丑又有病，婆娘却红光满面。凭香娘身强力壮，把个病恹恹的男人就可揍个半死，香娘忍住了：一朝伢子们看，二朝半辈子夫妻情分上看。自己挨打受骂，只当干了重体力活。儿女长大了，苦水朝心里咽。男人生病，且重。香娘没有泪水。咽气前男人不肯闭眼。亲朋好友、儿女子孙，甚至落气纸都准备好了，男人还是不肯闭眼。这样拗了两天两夜，香娘守在床边没合眼。

老大见多识广，扑通一声给娘跪下。香娘惊愕了，一言不发，有丝光亮的眼神，倏然黯淡了。晚辈们似乎明白了什么，都跟着跪下。香娘面如死灰，绝望地、呆呆地瞅着床上气若游丝的男人。突然，老大哭丧着脸，像狗一样哀怜："娘，我的亲娘啊！您就答应吧！不然，我们都不起来！"

沉寂，死一样沉寂。香娘的头有些昏，眼有些黑，脸儿有些黄，脚有些抖，但她竭力控制，一动不动。僵持良久，香娘挪动脚步感到好沉，慢慢靠近病榻，双手颤颤地抓住男人冰凉的手，痛苦地说："去吧！放心走吧！我生是你的人，死也是你家的鬼！"话音刚落，男人闭上了眼。

捉 鳝 鱼

我在湖乡土生土长，祖辈是勤恳的农民。我们那地方叫李儿岗，大多是李姓。

过去，李儿岗四面环水，出门皆坐船。在我小时候，湖大多变成良田了，但沟沟坳坳多。这些河沟里鱼不少，良田里也有鱼。

因为我们那地方地势低，下一场大暴雨，就变成白茫茫一片，露出来的只是长长的湖草和高高的田埂。

春上，爷爷耕田回来，总要用草蒿穿上一串鳝鱼。这些鳝鱼藏在田里，犁田时破坏了它们的洞巢，就会游出来，爷爷的榆木鞭杆就不客气地击昏鳝鱼。

我10岁左右就会捉鳝鱼，方法多种多样。

一种方法是晚上捉。大约在春末夏初的晚上，备一个三节电筒，穿双长筒胶鞋，拿一把用竹子制作的卡子，挎着一个竹篓。

这时候春暖花开，空气清新，初犁的苗田平坦如镜，水清见底，虫叫蛙鸣。鳝鱼会从埂中的洞和泥中钻出来透气觅食。

电光照在它身上，一动不动的，用右手指抓，它乱扭乱咬，你必须又准又快地抓，极快地塞入篓中。用竹夹比较稳当，一夹它就注定当俘虏了。

有的鳝鱼精，当中指或竹夹一触水面，它就哧地游走，你必须下水紧追，这就把水搅浑，水浑了它就钻进泥中。除田里找外，还可到浅水沟、水渠边找，那些鳝鱼藏在草丛中。随便一个晚上，可捉一篓子鳝鱼。

另一种方法是白天钓。自制一根长约一尺的铁钩，套上蚯蚓，到田埂河渠边找洞眼。

有鳝鱼的洞眼水是浑的，微微晃动。铁钩轻轻放进洞眼，口里轻嘘着，手把河边的水弄响，那洞中的鳝鱼，不知死活，嗅着饵味，张嘴一咬，把铁钩一提，哧溜溜地拉出来，丢进篓中。

也有闪失的时候，咬了钩的鳝鱼把钩吐出来，又缩回洞中，再也不上钩，可过几天再钓。

有的洞眼在水田里，用手抠，顺着洞赶，直到把鳝鱼揪出来。有的手伸进洞去，鳝鱼就从另一个洞眼出来，在水里游走。

还有一种方法是下钩捞。自制数十根1米左右的竹竿，到镇上买些小铁钩，用2米左右的塑料线系牢，线拴在竿子头。

天黑之前，到渠塘边，预先带把长铁爪子，先在水里弄个窝，把杂草拨开，再把套上蚯蚓的钩竿放下去。次日清晨，提着篓子收钩，那鳝鱼一般都缠在杂草中，因为它吞食了铁钩上了当，挣脱不掉就乱窜，够凄惨的。

捞鳝鱼还可用竹篓子，里面放几条蚯蚓做诱饵，把竹篓放在渠塘边。鳝鱼能进不能出。

小时候，我捕捉了鳝鱼，积攒起来，交给大人们拿到街上卖，但不值钱，几毛钱一斤。大人们为了奖励我，就把街上的白馒头、油条买回来给我和妹妹吃。

现在，鳝鱼越来越少了，捕鱼的人连筷子一样细的鳝鱼也不放过。现在捕鱼的方法也先进了，都是晚上用电打，已经到了竭池而渔的地步了。

唉，童年时代的捞鱼方法真令人怀念，但已经一去不复返了。

白　灵

　　包厢外的舞池，一名胖胖的歌手，正扯开嗓子在唱一首不知名的歌，伴奏的音乐和歌声如潮水般灌满整个大厅。朋友和女老板耳语一番后，不一会就有3个女孩推门而进。一个中等身材、上穿白色紧身短衫、下穿白色超短牛仔裤的女孩，背一个白色的小包，坐在我的身边。

　　朋友笑嘻嘻地对那个女孩说，白小姐，把这位先生陪好。被称为白小姐的女孩点头一笑，就一把拽住我的胳膊。走，我们跳舞去。我很少进娱乐场所，既不会唱，又不会跳。于是，我挣扎着不走，红着脸说，白小姐，我不会跳舞。

　　白小姐笑着说，你这位先生太谦虚了。不容分说，几乎是把我拖到舞厅去的。她紧挨我坐在舞池旁的白沙发上，我连声申明，白小姐，我真的是跳不好。她说不会跳不要紧，我教你。我说，我怕跳不好，让人家笑话。白小姐见我一副窘迫相，知道我是真的不会跳，就安慰地说，这样吧，等灯暗了我教你，行吗？我只得说，好，等一会试试看。

　　没法，听着舞曲一首接一首，跳舞的人一轮又一轮，伴唱的歌手一个又一个，真有些羡慕。一旁的白小姐，肯定是个歌舞迷，目不转睛地欣赏着，完全沉浸在歌舞的音乐中。当然，她没忘记为我服务，端茶、添茶，就连出去一下，都得跟我说声对不起，去一下就来，走路也是蹦蹦跳跳的，是一个活泼的女孩。

　　我有点过意不去，对她说，白小姐，今晚把你委屈了，她轻声说，不要紧。同去的另一个朋友，和一位穿花连衣裙的小姐以精湛的舞技把舞会推向高潮。曲终，他把那女孩抱在怀里，一双手不停地在女孩身上摩挲，竟然停在女孩丰挺的双乳上，而那女孩就轻轻地笑。

当旋转的灯光一下暗了许多，当遒劲的舞曲骤然舒缓，而舞厅现出一种梦幻般的朦胧时，白小姐对我说，我教你，咱们跳一曲。我随着白小姐滑进舞池，她告诉我，这种舞好学，但人要放松一下，只当这是散步。

我的左手被白小姐的右手接着，而我的右手贴在白小姐光滑细嫩的背部。虽然我和白小姐的距离有点儿开，但她身上散发出来的女孩子气息，令人陶醉。顿时心慌脚乱，因为这生只摸老婆还没有碰过其他的女人。白小姐就叫我不要紧张。她越安慰，我越紧张。她轻声说，你紧张了，手心也出了汗，全身肌肉胀得好硬。

当时，我的心情不平静了，真后悔当初没听朋友的话把舞学会，还自以不唱不跳而引以为荣。没等一曲跳完，我和白小姐败下舞池。我请教白小姐刚才是一种什么舞，她莞尔一笑，说这叫贴面舞，又称情人舞。难怪在昏暗的舞池中，舞伴们都贴得很紧，几乎是拥抱着在跳。

我想白小姐的兴致这下全完了，便和她攀谈。白小姐还只有 20 岁，原在机关上班，她嫌上班呆板，停薪留职做舞伴。舞厅不付工资，靠的是男舞伴付小费。朋友是舞场老手，玩得开心极了，见我和白小姐呆坐，就开玩笑地对白小姐说，这位小弟不唱不跳，那你就亲他一下，或者抱他一下更好。白小姐不好意思地低头不语。但白小姐用歌声来补偿。她的那首《给你一个吻》的歌唱得清丽、美妙，流露出无限的真情。从白小姐口中知道，有些伴舞的小姐，喜爱跟别人厮混，她可不一样。她"坐台"，只唱歌跳舞，越轨的行为她不干，因为她还年轻，名誉对她来说很重要。为证实她这些话的真实成分，我故意靠近她……

她没有任何动静，神情庄重。我有些欣慰了。在这样一个开放的年代中，生活中形形色色的诱惑，不时在吞噬人们的灵魂。一个女人，特别是一个年轻女人，守住自身的一片纯洁的净土，那真不易。

舞会结束了，白灵冲我一笑，蹦蹦跳跳地走了。当我们一行走出舞厅时，身背白色小包的白灵，冲我摆摆手，又笑了一次。

是的，世界应该纯洁，那人生就会更美好！

青 橄 榄

　　读小学时，青有 12 岁。青生得黑瘦。班上有位同学叫萍的，小青一岁，个儿高青一个头，白面似的脸，一笑俩酒窝。那两条油黑的长辫子，一走路轻摆着。青那时竟朦朦胧胧喜欢萍了。

　　那时候，青总爱坐在萍的后排，盯着萍的背影看。后来男女搭配坐，青无缘与萍坐一块，但青既羡慕那个与萍坐的男生，又嫉妒他，后来就怨老师。

　　青个头小，每次出操排队站在头排，而萍个头高站在后排，青就羡慕那个与萍在一起的高个男生，还厌恶他。后来就怨父母，为什么给他这么点个儿。

　　萍是文艺委员，能歌善舞，是学校文艺队骨干，每当文艺会演，萍会跟那几个长得白净的男生亲热说笑。青没有文艺细胞，嗓子像公鸡，模样又不出众，就连扮小丑的份儿也捞不上，青甚是苦恼。

　　那时候，学校经常到乡间帮村民扯秧草，学生们像鸭子一样闹哄哄的。青想靠近萍一起扯秧草，不是没有机会，而是没有勇气。不为别的，就是卷起裤管后，萍的腿犹如凝脂珠肌，鲜如嫩藕，而青的腿又瘦又黑，上面长着绒绒的细毛。

　　青就发奋读书，脑海里不想萍的影子，但脑袋瓜就是不争气，成绩赶不上萍不说，就是放不下想萍的心思。青这时候便有许多幻想：萍的家搬走，萍自然转学了，又偏偏舍不得她去；萍的脸上长痘痘，变得不好看了，同学们都不喜欢她，青这时接近她，从心里觉得那太对不起她了。

　　那时候，兴学雷锋做好事，班上备有好事簿，经常公布。所以，学生争先恐后做好事，什么扫地、抹桌子、帮老人推车、冲洗厕所。

那天下雨，青和几名同学到老师那里借几个脸盆，冒雨端水冲厕所。上课铃响了，青和同学的身上沾满了雨珠，就顶着脸盆来到教室。

萍和几个女生站在教室门外，瞧着他们的样子，抿着嘴笑了。当经过萍的身边时，显得拘谨的青低着头，慢着步子。青感到有人用手在拍他身上的雨珠，那手轻柔的像微风那样，只柔柔的几下子。青的身上软酥酥，心里甜丝丝的，就腼腆回头：见萍那白如嫩葱的手上沾满了水珠。

那一刻，青就感到无限的幸福，热泪盈眶。此后，青总是咀嚼萍温柔的轻拍，像雨润禾苗。

好多年后，青娶妻生子，官运亨通。这时的青已发福了，远非儿时的瘦弱，高大结实，一表人才了。倒是学生时代那几个曾令青讨厌的大个同学，却成了黑脸躬背的农民，碰着青了，点头哈腰，谦谦卑卑。

青没有一丝优越感，倒还羡慕他们曾经拥有的。

萍远嫁他乡，照面几次，也已发福，有些臃胖，仅微笑点头而过，无缘一叙。

唯有那轻轻几拍，永远保留在青的记忆中。

初 见 大 海

儿时爱海，做海的梦，但不见海。

生在平原，只见江、河、湖。去商店买海的画，诗情画意的海，海水无比的蔚蓝，只是静止的海。

还是不见海。

那年，凉秋八月，有幸山东行，实现儿时梦，领略了海姿，难以忘怀。

这是一个天青海碧的日子，我站在蓬莱阁，威海市的海岸边，放眼看海。

哦，海是一望无际的，海是平滑、透明、蓝色的。

哦，海水是咸咸的，海风是凉凉的。海风是海鸥的翅膀扇出来的，海风是海姑娘温柔的手。

盘坐海滩上，深情地望着海，心在延伸，心随那浪尖跳跃；掬捧海水尝尝，又苦又咸；卷起裤管下海，海水好清凉。

那天，初登海船，心像海浪飞扬。下午5时，上"天河"船。去大连，约89海里，7小时可达。

当船缓缓离开海湾时，天空的阳光好亮。晚8时，我站在甲板上，欣赏红艳艳的落霞。夕阳给平静的海面，镀上一层橘黄色的光芒，波光粼粼，海水卷起白色的浪尖，凉风阵阵，轻轻拂面。

片刻，落日的余晖，被远山吞噬了，海蒙上了深色的面纱，岸边鳞次栉比的高楼渐渐变小，萤火虫似的灯光，影影绰绰。

9时半，四周漆黑一片，唯有天空点缀稀疏的寒星，一轮弯弯的新月，挂在广袤的天穹上。

船，劈波斩浪，海水被搅起一条白浪，发出湍湍的声响。上下的船栏旁，站着扶栏观海的人。

海风挟着清凉吹起人们的衣裳，飘飘扬扬；泼墨样的海面，只听见机器的轰隆声伴着斩断海水的脆响；海面远处，有一亮光，闪闪烁烁，给这个宁静而又喧闹的海，增添了生机和活力。

哦，这夜的海，梦样的海，魅力无限的海。

返航是次日早晨，太阳躲在云层深处，久不露面。

片刻，太阳冲破云层，海上淡淡的云雾，犹如美女的面纱，慢慢褪去，海又出现了。深蓝色的海水连绵不停地起伏。眺望远方，海天共一色，白茫茫，水天相连；乳白色的雾，锁住海面。太阳正炽热的燃烧，海的世界无边无际，充分显示出它的恢弘、宽阔，拓展视野，清心爽目。

船栏上甲板上站满了人，沐浴在艳阳下，凭海风轻轻吹，任海浪慢慢打，海的风姿尽收眼底。

一只白色的海鸥，扇动矫健的翅膀，与海船平行。海鸥时而掠过蓝天，时而亲吻海面，时而绕船飞舞。

哦，海鸥在海洋的稿笺上，写出串串白色的诗行。

最后，海鸥箭一样地射向远海深处。

我怅然若失地望着海鸥的倩影，心在飞扬，心在翻腾！

海原来是这样的美！

哦，海是祖国，海是母亲！

阳光下盛开的青春

16 岁那年，眉清目秀、机灵勤快的他，被抽到乡机关当通信员，伺候领导。

他很乐意，也很上进。空闲，他学练钢笔字。乡政办江主任夸他的字写得好，常要他抄文稿。有时一抄就是一个通宵，次日照常上班。乡长也说他的字有点造诣。他还琢磨写文章，试着写了几篇"豆腐块"，登在地区的报纸上。后来，他不想写了，觉得写文章费劲。

他把心思用在工作上，机关里大大小小的干部提起他都情不自禁地说，这孩子不错，是块苗子。18 岁那年，他悄悄写了份入党申请书，红着脸递给分管机关总支的王书记手里。王书记亲切地拍他的肩说，小伙子，好好干，要经受党组织的考验。

当真，他就好好地干了。机关里大事小事都有他的身影，有力的脚步声，见人主动的称呼声，还有那腼腆的笑声。

过了一年，他被乡机关党总支纳入发展对象。此时，市里为乡政办分来一个赵副主任，是一个年轻人。那年，王书记就对他说，赵主任是下派干部，党委重点培养对象，他还没有入党，你就再等一年吧。

他红着脸说，不要紧，人家是领导，应该，应该。他说的是真话。

又一年后，他已是第四次写申请书了。这时，有的部门想把他挖走，乡政办不放，乡政办少不了他。部门领导问他走不走，条件好好的，他都摇摇头，人家直叹息。恰巧，王书记调走了，换了个万书记。万书记是个很严谨的人，在机关总支会上说，小孙，我对他的了解还不够，总之，他还年轻嘛，再锻炼锻炼也好。我当初入党时，写了10次申请书，他还只4次嘛。

到了第五年春，长江发大水，洪水肆虐，江堤岌岌可危，乡里的头头都上堤去了，他是通信员，也到了堤上，整天忙碌。几天几夜的折腾，他患上重感冒，硬是支撑着，没告诉领导。那晚，他歪在工棚里打盹，刚合眼，乡长要他到三里外的工段送信，说今夜洪峰要来，是关键的一夜。

他的头昏沉沉的，脸烧得通红，但二话没说，只身冲进夜幕。因连降大雨，堤上泥泞路滑，他不时摔倒。快到工段时，他看见刚筑的堤坝有一米宽的缺口，洪水汹涌而入。他惊出汗来，想去喊人，又怕这一去，耽误了时间，顾不得多想，他将公文包扔在堤上，跳下去，水齐腰深，激浪不时撞击，缺口扩大。

他冻得直打哆嗦，就咬紧牙关，用双手抠江边冲散的稀泥，朝缺口处堵。洪水冲撞，刚堵的泥土，被水势冲垮，他急得又爬上岸，高声呼喊：倒堤了，快来抢险啊！嗓子都喊哑了，没有人应。

此刻，江面的浪头骤变，水势更猛，洪水直朝缺口处冲。他又一次跳下去，边抠泥，边用身子堵口，全身是泥水，手也抠出了血。

又一个浪头卷来，他脚一滑，手抓虚了，整个身子被卷走，他拼命挣扎，江水撕咬着他。

又几个浪头打来，他被浑浊的江水吞噬了。巡逻队赶来时，只见堤旁剩下一个包，包里除一支笔，一个本子，还有一份字迹清晰的入党申请书。

桃　儿

　　桃儿是高中毕业生，考大学只差 5 分，爹要她重读一年，妈说："算了，算了，女孩子书读得再好，也是人家的，这就对得起她了！"

　　桃儿俊美，远近闻名。桃儿有福气，嫁了个丈夫是吃商品粮的。那个小伙子刚抽到市里某科当办事员，长相差些，对桃儿再好不过了。桃儿不可能随丈夫搬到市里住，因为丈夫和几个单身汉挤在一起，只好留在乡办一家帽子公司当工人，害得丈夫隔三岔五就往家里跑。

　　帽子公司生产的是传统的麦草帽，由于市场上流行花里胡哨的凉帽、折叠帽等，帽子公司的老式帽子就萧条冷落了。正当工资发不出来、职工人心涣散的时候，桃儿就代表大多数姐妹们，跟艾经理提了两条合理化建议：第一条是样式要改观，增加花色品种，由过去单一生产凹凸型改为碟形帽、荷叶帽、宝塔帽等，还可绣花、印花，将白帽子改为红帽子、黄帽子等。第二条是增加推销人员，要求是女的，大屁股、大奶子、大嘴巴的不要，要的是细腰、苗条、小嘴、端庄、水灵灵且有魅力的女孩子。两条建议像两颗灵丹妙药，把个五大三粗、吃一斤卤肉不腻、喝八两烧酒不醉、长着满脸黄胡子的艾经理那颗大脑袋救活了。

　　因为相信桃儿的话，艾经理就像在大海里捞了根稻草似的，抓住桃儿不放，并把原销售科长的帽子给捅了，戴在桃儿瀑布样柔美的秀发上，还讨好地对桃儿说："嘻，你升格了哩，享受副经理级！"

　　桃儿一下就成了二百号人中的新闻人物，就连乡里分管工业的伍副乡长也慕名赶来祝贺，捉住桃儿那双白皙的嫩手，捏了足有 60 秒钟，脑海里竟窜出一些莫名其妙的念头，口里却说："好好干，好好干……"直捏得桃儿满脸通红才罢手。这以后，艾经理总爱把黄胡子刮得干净，头发梳得油亮，西服穿得笔挺，爱找桃儿商量工作。桃儿带了男男女女20个兵，女的不消说，个赛个的美丽，男的条件不苛刻，麻的、癞的、矮的、瘦的，戴"汉奸"帽比广告还广告。公司按照桃儿设计的式样和花色，试制一批后，成了抢手货，销售局面一下打开了。

常在外面跑，桃儿不得已学会了擦脂抹粉、描眉涂红，学会了喝酒、打牌、跳舞。起初，桃儿的丈夫内心对她不放心，但看到桃儿带回大把钞票甩给他买烟买酒享受时，就显出通情达理支持她工作的样子来，桃儿就感激丈夫的关心。那时，丈夫正在搞自学考试，桃儿就将省吃省喝积攒的私房钱，为他买了台高档的微型录音机，帮助他学习外语。丈夫许诺，有朝一日升了官，分了几室几厅，一定把桃儿接去。

桃儿就激动得不得了，晚上就任凭丈夫心肝宝贝唤着，粗鲁地搓揉她！桃儿推销很有板眼，也有特色。她的嘴甜，和她谈生意像听音乐。她常戴着各色帽子，那飘逸的身姿、迷人的容颜，更使帽子增色、增值。一次，荣华批发站的贾站长，是个极难缠的角色。他一不吃喝，二不收红包。当桃儿的手下很为难时，贾站长提出请桃儿亲自和他谈。桃儿为了那2万顶帽子，揣着已签好了的合同书，和贾站长走进一家豪华舞厅。原来，这老贾是舞迷，舞瘾来了邀媳妇去跳，曾被儿子教训过，后来连老婆都跳跑了。在那忽明忽暗的灯光下，贾站长那双细白干瘦如竹笋似的手紧搂桃儿，单薄的身子像被狂风似的音乐吹得支撑不住了，直往桃儿身上倒。桃儿真诚微笑，极有分寸地躲让，使贾站长成了剃头担子——一头热。

快12点钟了，贾站长做出诚恳的表情，请桃儿到家里坐坐。桃儿微笑着说谢谢。贾站长说这深更半夜了。桃儿说车早就来了。果然，公司的双排座早在舞厅外等候。眼见贾站长脸上露出失望的神色，桃儿冲他歉然一笑。贾站长心里好受了些，但还是硬吞了口涎水，眼睛像苍蝇一样盯着双排座在夜幕中消失。

年终，帽子公司产销空前，好于往年。艾经理就选了个爱人上夜班的晚上，宴请销售科全体人员喝庆功酒。进餐前，桃儿怀揣着一张法院的通知书，心情忧郁。除桃儿外，这班人全喝醉了。有的哭，有的笑，有的吵，有的闹，有的吐，有的爬在桌子底，有的学狗叫。酒后桃儿面若桃花。艾经理醉眼蒙眬，硬要桃儿扶他回去。桃儿就答应了，幸好路不远，桃儿刚把他扶进屋，哪料艾经理极快地掩上门，就一把紧搂着桃儿，接着扑通跪下："桃儿，我喜欢你！"艾经理原来没醉。

突然，桃儿泪流满面，似风雨敲打桃花的嫩瓣上，莹珠滚动。艾经理一怔。桃儿把那张法院通知单扔给他。

艾经理惊愕了。当他看完后，快快站起来，咬牙切齿地骂道："狗日的，当了科长，就做出这种缺德事，算什么男子汉！"话没说完，他回想起了刚才的一幕，脸当真也红了，红成了猪肝色。

脸　谱

　　乡机关有两个姓黄的，同乡、同年、同学，但职务不同。黄诚，身材矮小，长相平凡，但年轻有为，已提升乡长。黄威，高大魁伟，一表人才，但时运不济，只是个办事员。看在同乡之谊，黄诚走马上任后提拔黄威当了乡政府办副主任。

　　以后，黄乡长和黄副主任在一块的时候多了。有一天，新上任的县委李书记来乡里检查工作，黄副主任是负责接待的，自然一马当先去迎接，黄乡长慢了一步，只见李书记亲热地拉着黄副主任的手，连黄乡长看都没看一眼就进了接待室。等黄副主任把黄乡长介绍给李书记时，李书记象征性地和黄乡长握了一下手。

　　事后黄乡长和黄副主任开玩笑，"老同学，看样子我只好和你对换一下才合理哩！"黄主任不好意思地说："我的大乡长，你别笑话我啦，我哪有当乡长的才能呢。"

　　还有一次，外地来了一批参观学习的，黄乡长和黄副主任负责汇报。参观团里的负责人多次把黄副主任称为乡长，弄得黄乡长心里很不是滋味，连招待餐也没兴趣吃了。

　　没多久，黄副主任去掉副字，调到信访办当主任。那天，黄主任正在向黄乡长汇报工作，门外就有一个女人在问："黄乡长在信访办吗？"黄主任顺口答了一声，"在。"那女人就冲黄主任说："黄乡长，我正要找你。"黄主任红着脸解释："我不是乡长。"乡信访工作抓得很有特色，受到省里表彰。黄乡长和黄主任到省里领奖。基层干部有爱坐车前排的习惯，黄乡长自然就坐前排，黄主任坐后排。一到省里，热情的工作人员拥上来，不由分说就把坐后排的黄主任接走了，黄乡长被冷落在车里。

　　原来，在省城里都是秘书坐前排，而当官的坐后排。等黄主任挣脱工作人员的手，来请黄乡长时，他已气得脸色铁青，僵在那里。

流 浪 儿

　　他八岁那年，爹因持刀杀人抢劫被抓了。一直过着舒适生活的妈，遭受不了这个打击，就一个人去了南方。

　　成了孤儿的他，因学费交不起，就被关在校门外了。他有个家庭并不富裕的姑妈，把他接到家里住，供吃供喝一段时间，那个生病的姑爹，就开始用两只深陷的眼窝瞪他，他就吓得浑身颤抖。后来，成了流浪儿的他，为填饱肚子，捡起了破烂。

　　一天，他在一个破垃圾筒里翻出一枚金晃晃的戒指，就用衣襟擦拭着，不料一只大手搭在他嫩肩上，回头一看，原来是个蓄胡子的男人，手里拿着一把白亮亮的小刀，凶狠狠地盯住自己。他怯怯后退，大胡子步步紧逼。

　　大胡子终于攥住他黝黑的小手，他的眼泪簌簌直流。他跟大胡子男人走了。大胡子男人为他买了一身新衣，把他弄到一家豪华的宾馆洗了澡，吃了一顿香喷喷的饭。他知道大胡子是爹的把兄弟，大胡子要他认了干爹。

　　从此，他跟孤身一人的大胡子住在一幢偏僻的楼房里生活。他不晓得干爹是条作恶多端的漏网之鱼，但十分佩服干爹有一身武艺，特别是那把小刀厉害。

　　他曾亲眼见干爹手一扬，数丈高树上的一只小麻雀就应声掉下。他没白吃干爹的饭。他成了干爹手上的卒子，为干爹送信、放哨。他不知道什么是犯罪，觉得有吃有喝就满足了。姑妈知道他和大胡子混在一起了，把他叫到家里严厉教训了一顿，告诉他大胡子不是好人，是个大坏蛋。他对姑妈的话半信半疑。

　　有次，干爹喝醉了，吐出了真言：原来他的爹坐牢是冤枉了，那一刀是干爹捅的，而爹是条讲义气的汉子，没供出干爹。一听干爹的话，他恨起干爹了，但表面上对干爹极为奉承。干爹当真把他当作自己的儿子。

干爹的一切活动，他心里记得清清楚楚。那次，干爹又喝醉了，得意地告诉他，老子之所以混得下去靠的是红黑两道的朋友。干爹的话不假，他经常看见干爹和穿制服的人在一块吃喝。

小小年纪的他，开始为今后的日子担忧了。他几次大着胆子吞吞吐吐对干爹说出还是去捡破烂，干爹的脸就变得更难看，变得凶狠，阴森森盯得他发抖。

他开始怕干爹了，眼睛不敢看干爹一下，总是低头说话，就连吃饭也不敢和干爹同桌了，躲在一角悄悄地吃。干爹也懒得理他了。

有几夜，他做起噩梦，梦见干爹掐他，拿刀捅他。醒时，衣服都湿透，睁着眼不敢入睡，就想爹妈，就回忆爹妈在一起的日子，脸色就开始舒缓，睡着时就变得安详。

那是一个小雨纷纷的深夜，门外有车响，接着有人拍门。他知道干爹回来了，装出笑脸去开门，见干爹一手提着个箱子，一手攥着小刀，浑身是血。干爹命令他快穿衣，和他一块走。

他不知道哪来的一股勇气，觉得不怕干爹了，就捂着肚子，磨磨蹭蹭的。干爹烦了，就照他的屁股踢了一脚，他就栽了个跟头。他没有去摸已碰破流血的头皮，对干爹说肚子疼，要去上厕所。干爹骂了一声，就动手抓他上车，他从干爹腋下滑过，一下子跑到屋外，稚嫩的童音，对着夜空喊叫。

附近楼房里倏地亮起灯光，干爹的身影鬼魅般地飘了过来。他边跑边喊，干爹的手一扬，一道白光飞向他那条羸弱的身影，他栽倒在地了。

不一会儿，镇上响起了急促的警笛声。

跛足的邱伯

　　我是前年认识邱伯的。之前，我只知道他是个面熟的收破烂的跛老头，不知道他姓什么。

　　也许是多年从事繁重劳动的缘故，邱伯腰佝背驼，左腿又有些跛，就显得形象邋遢了。听说他早年当过兵，后安排到乡镇企业当厂长，80 年代退休，前些年还拿几个退休金，后来单位垮得一塌糊涂了，仅有的一点可怜的经济来源也就断了。他有三个儿子，老大早年病故，儿媳改嫁；老二进城，儿媳掌权；老三下岗，夫妻双双去了南方，留下小孙子，交给邱伯两老照管。邱伯刚退休，先是在一家企业看门，由于太铁面无私，得罪了不少人，厂里就把他辞退了。

　　后来和老伴一起收破烂，整天拖着一辆旧板车，穿街走巷，吆喝着，破烂换钱呐。邱伯一颠一跛的身影在小镇晃动了好些年，邱伯苍老的声音时起时落在小镇回荡了好些年。有件事使我非常感动：那天邱伯来到我的桌前，枯树皮样皱巴的手，抖抖的从口袋掏出一个红本子。那一刻，我从邱伯那双浑浊的双眸中发现一丝光亮，而他那老丝瓜般的脸庞上，折射出丝丝慈祥。刘书记，总算找到你了，厂子垮了，没人管了，我把党费交给你们总支呗。

　　我近乎有些虔诚地接过邱伯的本子，仔细一翻，上面记得密密麻麻的，内心油然生出对邱伯的敬佩之情。想不到这老头子不仅是刚解放就入党的老党员，而且还是下岗党员中主动向上级党组织交费的头一个。我连忙为邱伯端茶递凳，他谦和地摆手，连称不敢当，边退边走，连连说，你忙，我打扰了。唉，党费交了，心里好踏实。邱伯跛着脚远去的背影，在我心内如山一样显得高大起来。

那是去年的事了，邱伯厂里有几十个下岗工人到乡里闹事。有一个泼辣的大嫂，有些蛮横地拽着管工业的文副乡长的衣襟不放手，还用手拍着文副乡长的大肚子嚷，你这肚子里喂得圆圆的，晓不晓得我们的瘪肚子？我一眼发现邱伯夹在人群中，不时与人耳语。我暗忖，邱伯怎么也来了？当我的目光与邱伯相遇那一刻，他有些不好意思地低下头。我悄悄过去把邱伯拉到一旁，想请他做工作。这时，邱伯的神情异常凝重，脸色又苍老许多。刘书记，误会，误会，我今天是来交党费的，凑巧碰见他们了。好吧，我来说说。

望着这位七十好几的老人，我顿生敬意。邱伯的神情还是那样凝重，他冲着那些吵嚷不休的下岗职工，一字一顿地说，大家静一静，我来说几句。刚才乡政府的领导把大道理已经讲得很清楚了。乡政府也困难，总不能拨钱来养活大家，大家都有手有脚，靠谁？当然靠自己。你们有谁的年龄比我大？你们有谁的身体比我差？我都能劳动，你们么事做不得？都回去吧！邱伯的这番话，把几个闹得最凶的职工说得蔫了劲，后来纷纷散去。

邱伯最后一次交党费时，不是他亲自来的，而是他老伴抹着眼泪送来的。

邱伯的老伴手里还拿着一个包，里面叮叮当当地响。大妈告诉我一个秘密：老头子是个孤儿，从小就在大地主家做苦工，1949年解放，他就积极报名参军了。他到朝鲜战场负过伤，立过功，得了几个奖章。退伍后他从不对任何人表功，还要我为他保密，说他的生命是共产党给的，于是这几十年不要民政补贴，直到咽气时，他还提醒我交最后一次党费。

听完大妈的话，我的眼眶湿润了。

野 麦 黄

一个月黑星稀的夜晚，二狗子像条幽灵，飘忽到黑子门前，趴到窗下，用电筒照见床下有两双鞋。二狗子快高兴死，一阵风似的跑开，去喊村治保主任。

路上，撞撞跌跌的二狗子，又嫉又妒地想：哼，哪个猫子见了鱼不吃！

二狗子和黑子有仇，是来捉奸的。

去年，二狗子到镇上王麻子酒店喝酒，眉来眼去和女招待混熟了，就跑到麦地里干那种事，却被黑子碰见了。后来，派出所把二狗子抓去关了几天，得亏亲友凑了一百张大团结才把他赎回。

二狗子跪了五个小时踏板，还赌了一百个咒，发了一千个誓。从此，二狗子怀疑是黑子告的，其实是女招待自己招供的。

白天，黑子带着一个风姿绰约的少女，去责任田割麦子。那少女穿着红花衫，明眸皓齿，像一朵含苞欲放的荷花，招人喜爱。

很快，少女冲到黑子前面，田野里飘飞着麦秸的清香，飘飞着少女身上甜甜的气息。

黑子挥汗如雨，镶白边的红背心染透了汗水，紧紧贴着他强健的肌肉。

太阳火辣辣的，热得很。黑子停下来，宽厚地对红衣少女说："歇歇呗！"

少女嫣然一笑，算是领情，尔后像朵红云在麦海里翻滚。突然一声哎哟，少女跌在麦地里。

黑子闻声跑过来，一看好吓人：镰刀砍在少女白皙的腿肚皮上，热乎乎的血，滴在灰褐色的麦地里，殷红殷红的血，在金色的骄阳下，红晃晃地耀眼。

黑子二话没说，撕破红背心，小心翼翼地为少女缠腿。少女羞红了脸，眼神闪烁泪光，身上轻轻抖，胸部两个鼓鼓的东西，悠悠地颤。

真巧，二狗子懒懒地赶着老水牛去耕地，贪婪地将这一切尽收眼底。那早晨的一幕就闪过脑际：二狗子趁"母夜叉"老婆回娘家了，就笑嘻嘻拉少女为他帮工。"小妹妹，我有钱！跟我，嘻，包不让你吃亏！"

"讨厌！"少女见他不怀好意，拒绝他跟了黑子。

二狗子无心耕田了，草草收工。娘见他丧魂失魄，问他有么病。二狗子有火，正好朝娘发泄。娘顶了几句，二狗子跳起来，指着娘鼻子骂："老不死的，滚！"娘一贯遭虐待，这回下了狠心，找出几件旧衣，抽泣着走了。

等娘一走，二狗子心安理得地躺在竹床上想：到手的嫩肉被人家抢走，黑狗日的，你老婆害癌症呜呼了，大半年你还熬得了？干柴烈火，哪个猫子见了鱼不吃？你狗日的就安好心？

等二狗子和治保主任喘着粗气赶到，晨光熹微了。二狗子立功心切，一脚踢破了黑子的大门，和治保主任高军冲了进去。房门虚掩，二狗子抢先撞入。少女正对镜梳头，见门破了，冲进两个虎视眈眈的男人，注着红晕的俏脸上，生出气愤："想干什么？"

"好快活！"二狗子一声怪笑，眼睛一层一层把少女的花衫剥光。

"家里有病人，不要无礼！"少女强压怒火，秀眸圆睁，"走开！"

"嘿，金屋藏娇！"二狗子淫荡地嬉笑，"黑子，夜里累了吧？狗日的，滚起来！"床上有响动，二狗子迫不及待地扯开蚊帐，伸手就拖。

一个人就势抱住二狗子，头一撞，二狗子躲不及，正中了鼻面，一股鼻血汩汩流出。"妈的，还讲狠！"二狗子火了，举拳头要还打，一看竟然是自己的娘，僵住了，像尊泥神。

二狗子和治保主任面面相觑。

原来，黑子为少女找女伴过夜，碰见二狗子的娘趴在河边哭，就毫不犹豫地背了回家。

二狗子的脸上，好像被撒了一层辣椒面，火一样地在烧。